KB272098

이사야가 되지 않는 법

이사야가 되지 않는 법

이야기가 되지 않는 밤
이온화
장편소설
나무옆의자

차례

이사야가 되지 않는 법 · 7

이사야가 아닌 것이 되는 법 · 204

작가의 말 · 211

구이사야 경전 1장 1절

이사야가 떠난 자리에 해와 달이 모습을 감추니, 피조물들이 갸륵한 마음을 담아 낮과 밤을 하늘에 걸었다. 먼 훗날 이사야가 다시 나타나 피조물에게 무엇을 원하냐 물으면 그들 중 하나가 하얀 얼굴로 '자유'라 답한다더라. 그리하여 모두가 다시 살아갈 땅을 이사야가 선물하리라.

신이사야 경전 1장 1절

이사야가 사람들에게 해와 달을 직접 만들어 걸게 하는 축복을 허가했다. 우리들은 노동으로 낮과 밤을 창시한다. 노동은 거룩한 것. 몸과 마음을 정화하는 것. 우리는 자유보다 정화를 원한다. 정화된 우리는 미래를 위해 네 가지의 까다로운 조건으로만 이사야를 받들고 타락한 자는 귀하지 않다.

한 번 죽고 두 번 태어난다면 넌 어떨 것 같아?

눈을 뜨니 육체가 예전과는 달랐다. 대기 중을 유영할 수 있어 어디로든 통과가 가능했고, 마음은 홀가분했다. 지난밤 내가 망쳐온 것들이 무엇인지 생각나지 않았다. 이 상태가 영혼이라면 지금의 나는 영혼이다.

홀가분한 몸으로 춤을 추며 하얗고 기다란 강을 건넜다. 강 뒤에 뭐가 있었더라. 내게 소중한 것이 무엇이었고, 나는 어떤 사람이었는지. 분명 내가 떠나온 것들이 뒤에 있는데 죽음을 경험한 순간부터는 전혀 기억이 나질 않았다. 두 가지의 의미가 있겠다. 잊어버린 기억들이 중요하지 않거나,

아예 기억 자체가 내게 없거나.

강 건너의 세계로 다가갈수록 가슴에 품어뒀던 감정들은 한 조각씩 휘발됐다. 아쉬움을 새기기도 전에 전부 망각해버리니 슬프다는 생각도 들지 않았다. 이게 사후 세계라면 기분이 좋다. 그냥 이대로 예쁜 강이나 건너면서 다 잊고 싶다. 실은 별로 즐겁지 않았다. 강 뒤의 내가 살았던 세계 말이다. 별로다 못해 구렸을지도 모른다.

강 건너에는 하얀 빛과 꽃이 가득했으며 만나지 못했던 이들이 있었다. 휘황찬란한 공작새들이 날갯짓하며 언덕을 뛰놀았다. 그들의 꽁지깃을 손끝으로 쓰다듬는 순간, 새로운 그리움이 나를 적셨다. 몸을 비틀면 눈물이 되어 왈칵 쏟아져 나올 것 같았다. 온 세상이 아릿하고 달았다. 쉽게 허락되지 않는 디저트의 맛을 피부로 느끼는 일처럼. 정체 모를 사람들이 나를 에워싸며 노래를 불렀다. 춤을 추고, 감싸안으니 나의 차가운 몸이 단번에 녹았다. 하지만 여기가 도착지는 아니었다. 거대한 바람이 떠미는 대로 먼 곳을 향해 나아갔다.

한 발, 또 한 발.

기억이 나지 않았다. 뒤편에서 내가 맡았던 풀 내음이, 웃어주던 사람들이, 어깨를 감싸던 누군가의 온기가. 어떠한 피 냄새가.

정령들은 이곳이 천국으로 가는 길이라 소개했다. 아주 멀리서부터 강한 바람이 불어와 머리를 헝클었다. 눈동자까지 할퀴는 바람 때문에 눈물이 맺혔다. 뺨 위로 맑은 물이 흘렀으나 닦지 않고 고개를 숙였다. 앞으로 펼쳐질 것이 낙원이라면 얼마든지 환영이다.

그때 하얀 사슴이 나타났다. 잘 지은 아파트처럼 커다란 사슴은 천국의 입구를 지키는 수문장이었다. 사슴이 고개를 숙여 나를 내려다보니, 높은 나무 아래에 있는 것처럼 주변에 그림자가 드리워졌다. 좌우대칭에 맞추어 솟아오른 뿔은 금방이라도 구름을 찌를 것만 같았다. 심판하는 듯한 푸른 눈이 아름다웠으나 나를 살피던 사슴은 끝내 고개를 저었다. 그러자 길을 안내했던 정령들이 나의 팔다리를 포박했다.

"너를 되돌려 보냄은 나의 뜻이 아니다. 그러나 성급히 찾아온 일도 나의 뜻이 아니었음을 알라."

정령들이 몸에 힘을 주고 훅, 하고 입김을 불었다. 나는 별안간 반대 방향으로 밀렸다.

"저기가 천국이라면서요. 왜 반대 방향으로 보내요? 천국에 당도하고 싶어요. 내가 어떻게 죽었는지 알지 않아요?"

강물을 역행하여 세계의 경계까지 밀려났다. 먼발치에 내가 살았던 뒤 세계의 땅이, 도시가, 집이 보였다. 나를 대신하여 울어준 이름 모를 학생들의 교복과 불에 타는 건물이 보였다. 바람은 멈추지 않고 멀리까지 나를 계속 불어댔다. 공중에 나부끼는 흙먼지처럼 영혼이 데굴데굴 굴렀다. 구름을 뚫고, 산 하나를 넘고, 커다란 굴뚝을 힘겹게 피하여 외벽이 단단한 건물의 꼭대기까지 당도했다.

나를 이곳으로 다시 날려 보낸 바람이 야속했다. 묻고 싶었다. 이미 죽은 몸인 내가 다시 태어난다면 어떻게 살아가야 하는지를.

영혼을 휘감는 대기가 매끈했다. 바람이 말을 걸어왔다.

"잊을 것과 기억할 것을 구분하라. 바람처럼 살아가라."

나는 고개를 끄덕였다. 바람처럼 살아가라는 말이 정확히 무슨 뜻인지 알지 못함에도 의문을 품지는 않았다. 이것이 나와 바람의 마지막 대화라는 걸 단번에 알아챘다. 이윽고 바람은 한낮의 태풍이 돼 거세게 자리에서 소용돌이치더니 사라졌다. 나는 홀로 남아 창을 통과해 건물 내부로 들어갔다. 빳빳하게 굳어버린 죽은 육체가 보였다.

하얀 가운을 입은 의사와 검은 슈트를 입은 과학자가 나의 몸을 내려다보는 중이었다. 그들의 머리에는 어디에도 사슴의 뿔이 없었지만 마치 사슴처럼 근엄한 행세를 하는 게 우스웠다. 그 주위로는 울고 있는 엄마와 생체 시그널 모니터를 예의 주시하는 의료진들이 있었다.

죽은 나의 몸체 위에 평행하게 누워 돌아갈 채비를 했다. 이 과정은 나의 선택이 아니었으니 거절하지도 못한다. 슈트를 입은 과학자는 전류가 흐르는 쇳덩이를 나의 가슴 위에 놓았다.

"시작하겠습니다."

딸칵. 버튼이 눌렸다.

일순간 나는 어린 시절, 숙제를 미뤘을 때 혼내던 엄마의 커다란 손바닥을 보았다. 분명 환영이었다. 꼿꼿한 다섯 손가락이 영혼을 짓눌렀다. 죽은 몸 안으로 억지로 욱여넣는 느낌이 들었다. 육체와 영혼이 재결합하자 온 세상에 난폭한 빛이 쏟아졌다. 스티커보다 찐득하게, 물풀보다 끈적하게, 녹은 사탕보다 질척하게. 영혼이 강제적으로 살과 피부에 다시 달라붙으려 했다. 죽은 몸을 떠났던 그림자가 돌아오는 중이었다.

강을 건너는 동안 잊었던 모든 기억과 감각 또한 되돌아왔다. 고통스러웠다. 어두운 골목길에 몰렸던 공포, 목이 졸리는 아픔, 피를 빼앗기는 상실. 육체가 조각조각 나는 고통. 기억났다.

나는 어떤 잔혹한 살인마에게 육신이 도륙 나 죽었어!

영혼으로 두 팔을 휘저으며 살려달라고 비명을 질렀지만, 목소리가 나오지 않았다. 송곳 같은 빛이 계속해서 눈 속을 파고들었다. 감당하기 어려운 공포가 폭설처럼 심장 위에 쌓였다. 되살아나는 일을 취소해 달라 아우성쳐도 소용이 없었다. 계속해서 유리를 긁는 듯한 음성으로 비명을 질렀다. 타인에게는 아직 들리지 않는 외침이었다. 의사는 전기 신호를 멈추지 않았다.

살려주세요.

살려주세요.

나의 모든 치아가 사랑니로 바뀌는 일보다 더, 물구나무를 서서 1만 보를 걷는 일보다 더, 심장과 뇌의 위치를 제멋대로 바꾸는 일보다 더더 괴로웠다.

기어코 영혼은 눈물을 터뜨렸다. 천국의 입구에서 본 하얀 사슴이 다시 나타나 앞발로 나를 감싸안았다. 당신은 여기에 있으면 안 되는 존재 아닌가요? 물어도 대답이 없었다. 언제나 세상은 내 물음에 대답하지 않았지, 익숙했다. 털이 짧은 흰 짐승은 여태껏 느껴본 그 어떤 존재보다도 차가웠다. 얼싸안은 순간, 품속의 사슴은 녹아버렸다. 길을 잘못 찾아온 눈사람은 나였을까, 사슴이었을까.

왠지 수상한 사슴을 다시 만날지도 모른다는 생각이 들었다.

"제 몫의 용기를 찾길."

사슴이 남긴 마지막 음성이었다.

나는 눈을 떴다. 영혼이 아닌 육체의 눈이었다. 내려다보던 어른들의 눈이 알밤만큼 커졌다. 내가 살아난 것을 확인하자 일제히 만세를 외치며 기쁨을 표했다. 자기들끼리 껴안고 발을 동동 구르기도 했다. 행복이 소란스럽게 공간을 채웠다.

엄마는 얼마나 많이 울었는지 눈두덩이가 볼록하게 부풀었다. 나를 끌어안고선 다시 살아나줘서 고맙다며 목소리를 내질렀다. 그 외침이 너무나 절절하여 비명을 지르는 것 같았다. 나는 사슴을 생각하며 그녀를 마주 안았다. 엄마는 녹지 않았다. 이 세계에서는 우리 둘 다 잘못 찾아온 눈사람이 아닌가 보다.

안경을 쓴 과학자가 헛기침했다. 주위가 점차 조용해졌다. 엄마도 눈물을 닦고 내 곁에 서서 그를 바라보았다. 나는 손바닥으로 티셔츠의 하얀 옷감을 쓸어내렸다. 보드랍고 차가운 감촉. 몇 번이고 쓰다듬었다. 기분이 좋아졌다.

"이로써 연쇄살인 사건의 피해자, 주인연 양이 16번째 복생자가 됐음을 선언합니다.”

박수갈채가 쏟아졌다. 내가 아니라 과학자를 위해서였다. 이렇게 두 번째 삶은 시작되고 말았다. 여전히 내가 아닌 타인을 위해 준비된 그림으로.

“이 순간을 기다려왔어.”

양쪽 뺨에 동백꽃을 피운 엄마의 얼굴이 낯설었다. 나를 보면서 이렇게까지 행복하게 웃어준 적이 있던가. 고양된 분위기에 취해 있는 엄마와 함께 건물 밖으로 나갔다.

사람들은 폭죽을 터뜨리며 환호했다. 붉은 꽃잎으로 수놓아진 곡선의 길을 걷는 동안 온 도시인들이 나를 축하했다. 노랫말 속에는 새로운 시대를 향한 예찬이 파도처럼 넘실거렸다. 복생자가 된 나를 축하해주는 일에 모두가 거리낌이 없었다.

나는 태어나서 단 한 번도 누군가의 기쁨이 된 적이 없었는데 어떻게 사람들을 행복하게 만든 거지? 다들 나를 기다려왔던 걸까? 아니다, 뭔가 달랐다. 사람들이 기다린 게 ‘나’일 리는 없었다. 과거에는 한 번도 이런 대접을 받은 적이 없었으니까. 사람들이 바란 것은……

“우리의 **복생자**가 또 탄생했어요!”

“그것도 어린 여자아이로!”

"분명히 우리의 미래가 되어줄 거예요."

모두가 이마를 땅에 닿을 듯 조아렸다. 넘치는 시선들을 지르밟으며 나는 엄마를 따라 끊임없이 앞으로 걸었다. 어디론가 달아나야 한다는 불안이 밀려왔다. 혼돈 속에서 박수갈채를 등지고 걸었다. 사람이라는 모래로 이루어진 해수욕장에서 고독한 갈매기가 된 기분이었다. 특별한 사람이 되는 일이 싫지는 않았지만 마음이 찝찝했다.

"이 아이가 내 딸이에요! 내 딸이 바로 복생자랍니다. 여러분 축하해줘요!"

"와아아!"

"인연아, 어서 손을 흔들고 인사를 해. 모두가 널 축하하고 있어!"

이름 석 자에 다들 환호했다. 먼발치 성당에서 국가 기념일에 준하는 일곱 번의 종소리가 울려 퍼졌고, 사람들의 환호는 구름을 뚫을 기세로 도시를 채웠다. 공기마다 기쁨이 흘러넘쳤다. 잘 채운 슈크림 빵처럼 쿡 누르면 어떤 방향으로든 팍, 하고 터질 것만 같았다. 행복한 순간이 오면 오히려 더 불안해지는 마음을 사람들은 알까? 불행이 축복의 탈을 뒤집어쓰고 연기를 하는 게 분명했다.

"인연아. 도착했단다."

엄마와 도착한 곳은 복생자들이 의무적으로 살아야 하는 주거시설이었다. 외벽이 보랏빛으로 페인트칠된 아파트인데 입구에는 꽃으로 장식된 아치가 있었다. 모두가 평범히 사는 도시에, 유일하게 요란한 모습으로 건축된 점이 이질적이었다. 아무리 아름다워도 주변과 조화를 이루지 못하면 썩 좋아 보이지 않는다. 홀로 매혹적인 색을 자랑하는 아파트 또한 기묘한 위화감만 내뿜었다.

"오늘부터는 혼자 살아야 한단다. 그게 복생자의 규칙이야."

"갑자기?"

"복생자는 죽음을 극복한 성스러운 사람이야. 보통의 인간과 다르고, 보통의 인간과 섞여서도 안 되지. 너는 보통의 사람보다 더 높은 계급의 존재가 된단다. 엄마는 가끔만 올게. 그래도 언제나 너를 사랑할게."

"갑자기 왜 그래. 뭔가에 세뇌당한 사람처럼."

"거룩함을 지키며 살아가렴."

엄마의 눈은, 내가 평범한 학생이던 시절 이사야를 만나러 가야 한다고 혼잣말하던 순간과 다름이 없었다. 뭔가에 미쳐 있는 눈. 평생 함께 살았음에도 불구하고 모르는 영혼이 깃들어버린 듯이 어딘가 이상한 눈. 엄마는 이사야를 숭배할 때마다 낯선 사람이 됐고, 그때마다 늘 나를 두렵게 만들었다.

"잠깐만. 설명을 충분히 해줘."

"아무것도 모르는 채로 살아도 돼. 그것마저도 복생자의 영광이야!"

엄마는 감격에 겨운 듯이 두 손을 모으고 복생자라는 단어를 반복했다. 엄마는 고압적인 사람이었고, 이사야를 생각할 때면 쉽게 흥분했다.

학교에서 형편없는 성적표를 가져갈 때면 회초리를 들었던 여자. 회초리가 없으면 손바닥을 펼쳐서라도 나를 체벌했던 여자. 그러고도 '공부를 잘하는 건 오직 너를 위한 일'이라며 모든 행동의 이유를 내게 떠넘겼던 어른. 그런 사람이 이제부터는 혼자 살아야 한다며 나를 떠나려 했다.

대체 복생자가 뭐길래. 난 복생을 요청한 적이 없다. 되살아나서 기쁘다는 말은 아직 하고 싶지 않다. 복생의 순간에 한 번도 겪어본 적 없는 고통을 느꼈으며, 복생한 삶이라고 해도 주인연으로 살아가는 이상 딱히 행복해질 건 없다.

"엄마가 왜 이렇게 기뻐하는지 모르겠어. 나는 토막 나서 죽었잖아. 살인 사건의 피해자였다고."

"네가 끔찍하게 죽어서 사람들이 너를 동정한 덕에 복생자가 된 거야. 다행이지?"

"뭐?"

엄마의 입매가 뒤집어진 거북이의 등처럼 둥글게 말려 올라갔다. 나의 죽음을 기억하면서도 웃고 있는 모습. 다행이라는 단어. 이상했다. 내가 아는 엄마는 이 정도로 비정상적인 여자가 아니었다.

"인연아. 너도 기뻐해. 이제 학교에 다니지 않아도 돼. 시험도 없어. 복생자라고 말하면 모두가 너를 예쁜 루비 다루듯이 아껴줄 거야."

"정말?"

"정말!"

그나마 희소식이었다. 시험 없는 삶이라니. 국어 수학 영어 사회 과학 안녕! 당장 책장의 문제집부터 불태워야겠다. 학교를 안 가는 건 좋은 일이다. 어차피 보고 싶을 정도로 친한 친구도 없었다. 하지만 마냥 기뻐하기엔 상황이 수상했다. 중요한 뭔가를 설명받지 못했다.

"범인은 잡혔어?"

엄마가 느슨해지려는 입꼬리를 바짝 당겨 올렸다. 그러고는 나의 어깨를, 야구공을 감아쥐듯 단단히 잡아 당겼다.

"널 죽인 게 누구인지는 이제 중요하지 않아."

"그게 무슨 소리야……."

“네가 죽음을 불사하고 거룩하게 돌아왔단 사실만이 중요해. 이사야 님이 언제나 너와 함께란 증거지. 신의 뜻대로 산다고 생각하면 마음이 평온하지 않니?”

엄마는 나를 죽인 범인을 향한 증오가 애초부터 없었던 사람처럼 목젖이 보일 정도로 크게 웃었다. 그 사람 덕에 내가 복생자가 됐으니 고마워하자는 어처구니없는 헛소리가 귓가를 스쳤다.

어깨를 잡은 엄마의 손을 끄집어 내렸다. 피가 팽팽 도는 나의 두 손으로 엄마의 팔목을 감았다. 엄마 여기를 봐, 복생이고 나발이고 지금 눈앞에 있는 건 엄마 딸이잖아. 나는 누군가에게 죽임을 당했잖아. 그 개자식을 죽이겠다든가 복수하겠다든가 그런 말이 나와야 하지 않아? 내가 복생하면 돈이라도 받아? 그럴 리 없었다. 복생자는 그저 죽은 사람 중 정부의 승인을 받아 과학기술로 되살아난 사람이다. 땡전 한 푼도 엄마에게 주어지진 않는다.

“인연아. 잘 살아야 해. 엄마는 이사야 님을 만나서 감사 기도를 드릴게.”

“아직 가지 마. 나 무서워.”

“이사야 님이 계시는 한 도시에 무서운 일은 없어. 걱정하지 마.”

“지금 이게 무슨 상황인지 납득이 안 돼.”

“귀를 기울여봐. 들리지 않니?”

엄마가 내 입에 검지손가락을 갖다 대더니 눈을 구부려 미소 지었다. 분명 온화한 얼굴인데 퀭한 눈 아래에 서늘한 그림자가 있었다. 그것은 사랑이라기엔 증오처럼 보였고, 기쁨이라기엔 원한처럼 느껴졌다.

“사람들이 환호하잖아. 너도 기뻐해. 그게 도리야. 네가 살아나서 기쁘고, 함께 살아주지 못해서 미안하단다. 네가 나보다 더 큰 복을 타고난 탓이지.”

기뻐하라 말하면서도 엄마의 얼굴이, 그녀가 힘을 뺀 순간에 갑자기 어두워지는 것을 나는 보았다. 엄마는 거짓말을 하고 있다. 진실로 기쁘지 않으면서 기쁜 척을 하고 있다. 함께 살아주지 못해 미안하단 말이 거짓일까, 내가 살아난 게 기쁘단 말이 거짓일까, 아니면 둘 다일까. 심장이 쿵쿵 뛰었다. 불안했다. 오늘 하루는 정말 이상하게 흘러가고 있다.

“미안해.”

수학 시험에서 57점을 받았을 때 종아리가 새빨갈 정도로 때린 후에도 엄마는 사과하지 않았다. 짝사랑하는 아이가 있다고 적은 비밀 일기장을 다 찢어버린 날에도 마찬가지였다. 그녀는 언제나 차가운 어른이었다. 당신이 사과하는 일은 낯설었다.

“나 혼자 두고 가지 마.”

“화기 조심해. 복생자 아파트에서 불이 자주 난대.”

“엄마, 오늘 자고 가. 난 이 아파트를 몰라. 가지 마. 내가 살던 동네가 아니라서 원래 살던 집으로 어떻게 가는지도 몰라. 하루, 아니 이틀은 자고 가. 앞으로 공부 열심히 할게. 학교 안 다녀도 열심히 할게……. 나 지금 뭐가 뭔지 알 수 없어서 너무 불안해…….”

아직은 혼자가 되고 싶지 않았다. 살아 돌아온 내가 기쁘지 않다는데 왜 온 세상 사람들이 멋대로 나서서 축제 분위기야? 이건 무례했다. 당사자인 내가 행복하지 않다잖아. 뭐가 뭔지 전혀 모르겠다니까? 나를 분리불안에 병든 고양이로 만들지 말아줬으면 좋겠다.

“인연아.”

“엄마, 나 존나 무섭다고 좀…….”

“너는 내 꿈이었단다.”

그녀는 기어코 아름다운 꽃으로 장식된 아치 바깥으로 발을 뻗었다. 등판의 옷깃을 부여잡는 나의 팔이 힘없이 공중에 나부꼈다. 그러다 이내 힘없이 옆구리 곁으로 추락했다.

꽃 내음이 만발하는 정문의 꽃 아치만 장벽처럼 내 앞에

우뚝 섰다. 그 너머로 안녕을 말하는 엄마의 목소리는 유리 구슬이 돼 멀리까지 굴러갔다. 나는 입술을 깨물고, 울음을 참아보았다. 더 이상 흰 사슴도, 바람도 나를 위로해주러 오지 않았다.

내게서 달아나듯 발을 바삐 움직였던 엄마는 성당으로 향했다. 당장에라도 따라가고 싶었지만, 다리에 힘을 주는 일은 무용했다. **성인이 되기 전까지는 어떤 아이도 이사야를 만나선 안 됐다.**

도시를, 아니, 세상을 수호해준다고 믿는 신은 성당에만 있었다. 고결한 신을 만나는 권리는 오로지 어른에게만 주어졌다. 우리들은, 우리들만이 간직할 수 있는 순수를 지키기 위해 신을 만나지 말아야 했다. 그건 규율이었다. 신이 미성년자를 싫어하나? 우리가 신에게 재미없는 장난이라도 칠까 봐 그래? 엄마에게 물으면, 엄마는 질린다는 투로 대답했다.

'신을 만나고, 바라는 것이 생긴 아이들은 더 이상 순수하지 못하니까.'

신은 세상의 순수를 지키기 위해 희생하는 존재. 나쁜 것과 더러운 것을 정화하는 존재. 그러니 아이들은 제 몫의 순수함을 지키기 위해 욕망을 품지 말아야 했다. 반면 어른이 되어버리면 타락하기 때문에 신의 도움을 받을 수 있고, 삶을 정화하는 일에 힘써야 했다. 그래서 어른들은 지금도 성당의 정문 바깥까지 벌레처럼 줄을 잇고 예배 순서를 기다린다.

도시의 규율에 동의하지 않았지만, 그건 엄마와 돌아가신 할머니와 한 번도 본 적 없는 증조할머니와 그 어쩌고저쩌고한 할머니의 할머니들도 모두 지킨 일이라 저항이 불가했다. 가없는 세월 동안 이어진 전통이라면 나 하나 저항한다고 해서 달라지진 않는다. 누군가 만들어놓은 규칙이 불합리해도 군말 없이 수용하는 것. 그 무조건적인 납득이 있어야만 도시는 신을 지켰다.

"네가 새로 입주하는 복생자니?"

등 뒤에서 낯선 목소리가 들려왔다. 부드럽고 나긋했다. 고개를 돌려 보니 미성과 다르게 날렵히 생긴 남자가 있었다. 그는 자신의 이름을 '판'이라고 소개했다.

"복생을 축하한단다. 선물을 준비했어."

판은 복생자 아파트의 외벽과 동일한 색의 보랏빛 꽃다발을 건네주었다.

"줄곧 신규 입주자가 없어서 적적했는데, 네 소식을 들은 뒤로 기다렸어."

판은 내가 바라던 어른의 모습을 안다는 듯 온화하게 미소지었다. 이웃을 반갑게 맞이해주는 사람을 향해 나는 단박에 모든 경계를 누그러뜨렸다. 아름다운 꽃을 감싸안았다. 어떤 향기도 맡을 수는 없었다.

"일부러 조화를 선택했단다. 살아 있는 꽃은 너무 쉽게 죽으니."

"다정하시네요."

"초면에 듣기엔 과분한 칭찬이야."

판의 새까만 머리칼이 물을 잔뜩 머금은 해조류처럼 길게 늘어졌다. 바람이 스칠 때마다 그 머리칼은 건강한 곡선으로 춤을 췄다. 성숙한 콧대 위에 겨우 걸터앉은 은색 테의 안경이 반짝였다.

"나는 101호에 살고 있고, 네 방은 301호야."

"어떻게 알고 계세요?"

"난 이 아파트에 오랫동안 거주한 복생자거든. 한때는 만실이었지만 지금은 이웃이 다 사라지고 너와 다른 여자아이만 남아 있어."

"사라졌다는 건……."

판이 다가와 손안에 뭔가를 쥐여주었다. 꽃다발을 품지 않은 손을 조심히 펼쳐 보니 달콤한 초콜릿이 있었다. 주머니에 보관했던 것인지 그의 체온도 함께 느껴졌다. 나는 그 초콜릿의 비닐을 벗겨 입안에 넣었다. 중앙에 딸기 필링이 담긴, 쌉싸래하면서도 상큼한 맛이었다.

"너도 사라지지 않게 조심하렴."

판은 자상하게 눈을 접었다. 나는 초콜릿이 목으로 넘어가는 감촉을 느꼈다. 끈적했다.

복생자 아파트에 입주한 학생들이 사라진 이유는 화재 때문이었다. 복생자의 경우, 과학기술로 되살아났기에 고통을 느끼지 않았고, 상처는 특수 크림으로 순식간에 회복이 가능했다. 한번 되살아난 사람을 또 죽이는 일이 불가하게끔 우리는 질병에 걸리지 않았으며 정기적으로 노화를 막는 약물도 지급받았다. 그래서 복생자 신분이 되면 죽었을 때의 나이 그대로 불사하는 일이 가능했다. 서른 살에 죽은 사람이 복생자가 되면 평생 서른 살인 셈이다.

도시인들이 복생자의 탄생을 찬양하는 이유는 여기에 있다. 기존의 인간과 궤를 달리하는 존재라 신과 유사한 생명체로 취급됐다. 그런 복생자를 죽이는 단 하나의 무기가 '불'이다. 불 앞에서는 그 어떤 불사도 존재하지 못한다. 그런 탓에 복생자들은 화기를 구입하지 못했고, 아파트에는 그 어떤 화기도 설치되지 않았다

그런데 아파트에 원인 불명의 화재가 연쇄적으로 발생한 바람에 많은 복생자들이 불에 타 죽었다. 모두 내 또래의 복

생자들이었다. 즉 어른 복생자들은 죽지 않았고 오직 미성년 복생자들만 죽었다.

"성인 복생자들은 스스로 이 아파트에서 나갔나 봐요?"

"응. 오직 나만이 여기에서 계속 머물고 있어."

"왜 떠났는데요?"

"이 작은 아파트에 갇혀 살기엔 어른들은 재미난 걸 너무 많이 알거든. 너는 미성년 복생자라 자율 퇴소 권한이 없어. 넌 많은 걸 알 필요가 없어. 어떤 것들은 아는 것이 고통이기도 해. 그래서 어른 복생자들은 미성년 복생자보다 복생을 더욱 괴로워하기도 한단다."

조건에만 부합한다면 복생자는 나이와 무관하게 누구나 될 수 있었다. 복생술이 처음 개발됐을 때, 도시인들은 죽은 사람을 되살리면 생명의 존엄성이 훼손되리란 우려를 표했다. 과학자들이 윤리학자들과 오랜 입씨름을 이어간 끝에, 특정 조건에 해당할 경우에만 복생술을 허가하기로 법령이 개설됐다.

조건은 총 네 가지였다.

첫 번째. 국가를 구한 영웅일 것.

세계를 위험으로부터 지켜낸 영웅이 존재한다고 가정해 보자. 만약 그 영웅이 죽는다면? 당연히 영웅을 향해 감사함을 표하는 의미에서 복생술로 되살리는 도리 정도는 해야 하지 않을까. 그러나 복생술이 발명된 이후 영웅은 한 번도 태어난 적이 없었다. 엄마는 영웅과 페가수스는 동의어라고 했다. 상징으로만 존재한다는 의미겠지. 이사야가 있는 이상 도시에 더 이상 무서운 일은 없다고도 했다. 어른들은 현재를 태평성대라고 했다. 태평성대 안에서는 위험이 존재하지 못하니 어떤 영웅도 탄생하지 못했다.

두 번째. 우수한 정치인일 것.

복생술의 허가와 도입에 참여했던 정치인들이 자기들에게 떨어질 수혜를 바라고 꾸역꾸역 집어넣은 항목이다. 신기하게도, 어떤 정치인도 복생술을 받지 못했다. 일단 신청하면 반대파 정치인에 의해 죽어서도 온갖 청문회를 당하고, 세무조사를 당하고, 죽도록 망신을 당했다. 명예가 훼손된 자들은 복생술로 되살려낼 가치가 없었다. 결국 정치인이 정치인의 복생술 허가 규정을 추가했고, 마찬가지로 정치인이 정치인의 복생술을 막았다.

세 번째. 위대한 직업인일 것.

세계 신기록을 보유한 마라토너, 한 달에 100건의 외과수술을 집도한 전문의, 화재 현장에서 세 남매를 구한 소방관. 이러한 케이스에 해당하는 복생자들은 꽤 많았다. 65세 이전에 사망한 사람 중 위대한 업적이 증명되는 이들은 높은 확률로 복생이 승인됐다. 도시를 구한 영웅까지는 아니지만 살아생전의 노고를 인정받는 셈이다. 판은 자신도 이 유형에 속하는 복생자라고 했다. 그가 바로 한 달에 100건의 외과수술을 집도한 자랑스러운 의사였다. 이를 설명할 때 판의 너른 어깨가 유독 당당해 보였다.

여기까지의 복생자들은 모두 성인이다. 어른들은 복생자가 되어도 판이 말한 것처럼 아파트 밖에서 살아갈 수 있다. 그런데 조건이 있다. 아파트를 떠나면 노화를 막아주는 약물을 얻지 못한다. 복생만 했을 뿐 남들과 똑같이 늙어간다. 그렇다면 나이를 먹을수록 점점 신성함과도 멀어진다. 결국 두 번 살게 된 일반인과 다름이 없다. 신성함을 포기하고 싶을 정도로 소중한 게 바깥에 있는 걸까. 여전히 모든 것은 의문투성이였다.

마지막 네 번째. 무고한 피해자일 것.

내가 속한 유형이다. 억울하게 목숨을 빼앗긴 피해자는 복생이 가능하다. 하지만 모든 범죄 피해자가 복생술을 받는 건 아니다. 1년에 한 명만 복생자가 되는데 이왕이면 나이가 어린 사람들 중 끔찍한 방식으로 희생된 자만이 두 번째 삶을 허가받는다.

이 타입에 해당하는 복생 후보자들은 경쟁이 치열하다. 나는 16세고, 육체가 10등분으로 토막 나 죽었다. 엄마는 여러 피해자들 중에서 나를 복생시키기 위해 부단히 노력했을 것이다. 국회의사당 앞에서 '차기 복생자 강력 후보 주인연! 이 아이를 복생시킵시다!'와 같은 피켓을 들고 퍼포먼스를 했을지도 모른다. 그게 아니라면, 마트에 갈 때마다 동네 아주머니들에게 알음알음 귓속말을 하며 나를 살리자는 입소문을 내달라 부탁했을 것이다.

네 번째 케이스에 해당하는 복생자는, 죽는 순간에 느낀 극한의 공포로 인해 하나같이 범인의 얼굴을 기억하지 못한다. 무서운 일이 없다는 도시에서 타인에게 죽임을 당하는 무고한 미성년은 계속 생겨났다. 심지어, 입에 올리기 힘들 만큼 잔혹하고 고압적인 죽음을 맞이했다.

그걸 당한 사람이 나다!

"301호까지 데려다줄게. 아파트 관리인이 잠시 외출했단다."

판은 상냥한 삼촌처럼 나의 손을 잡고선 내부로 이끌어주었다. 판처럼 유능한 의사였던 어른이 같은 아파드에 있다는 건 좋았지만, 앞으로 혼자 살아야 한다는 사실은 여전히 싫었다. 판은 그런 나를 위해 고민 끝에 주머니에서 초콜릿 하나를 더 꺼냈다.

"괜찮아요. 이미 주셨는걸요. 꽃도 받았고……."

"얼굴에 아직 걱정이 가득하니까."

"그런가요……."

"너무 무서워하지 마. 밤의 채집자들만 조심한다면 위험한 일은 아무것도 없어."

"밤의 채집자들?"

"응. 절대 우리처럼 살지 못하는 하층민들이지. 도시인의 신분을 질투해서 불을 내고 다닌다는 소문이 있으니 조심하렴."

301호 앞에 선 우리는 서로를 마주 보았다. 이제 보니 판도나처럼 황금색의 눈동자를 가졌다. 동일한 빛깔을 마주하니 거울 앞에 선 듯 편안함과 익숙함이 동시에 느껴졌다.

"흔한 눈은 아닌데, 반갑네."

옅은 미소만 보이고서 판은 등을 돌려 떠났다. 나는 그가 계단을 내려가는 동안 보라색 꽃다발을 안고 한참을 보았다. 믿을 수 있는 어른과 이웃이라니. 옅은 안도감이 느껴졌다.

✦

원룸 형태로 된 깔끔한 방이었다. 모든 가전과 가구가 구비됐고, 옷장을 열어 보니 엄마가 입주 준비를 마쳤는지 옷가지들이 정돈되어 있었다. 가방, 양말, 신발. 전부 예전에 쓰던 것들이었다. 환경만 바뀌었을 뿐 그리워 마땅한 나의 정다운 방과 별반 차이가 없었다. 소유물이 모두 이곳에 자리를 잡았는데 정작 내가 낯설어하는 중이었다.

나만 몰랐구나. 주인연이 여기서 살게 될 거란 걸.

간단히 샤워하기 위해 욕실의 온수를 틀었다. 작은 공간에서 내가 만든 비를 맞으며 맨살을 훑었다. 끔찍하게 조각났던 몸을 어떻게 이어 붙였는지 실밥 자국조차 없었다. 요즘

과학기술 좋네. 새로 태어난 몸의 감촉을 느끼며 물로 꼼꼼히 적셨다. 온수가 피부를 데울 때마다 한 걸음씩 그날로 돌아가는 것 같았다.

"살려주세요……."

"너는 내게 고마워해야 해."

"저는 아무것도 몰라요, 제발……."

"고마워하게 될 거고 우린 반드시 다시 만나야만 해."

범인의 정체는 모르겠지만 두 가지는 분명했다. 목소리가 얇다는 것. 그리고 배 안으로 날카로운 날붙이가 들어와 나의 숨통을 끊던 순간에 '냄새'가 났다는 것. 내 것이 아닌 낯선 피비린내가.

나는 내가 죽던 날이 돼서야 엄마의 말을 듣지 않은 걸 후회했다. 엄마는 완벽한 딸을 원했고, 열여섯 살인 내가 보여줄 수 있는 '가장 간단한 완벽함'이란 결국 성적이었다. 심야 시간까지 학원에서 자율학습을 하고 귀가하는 일이 일상이었다. 하지만 그날은 일찍 집으로 돌아가고 싶었다. 피곤하지 않은 몸으로 보는 밤하늘은 어떤 풍경일지 궁금했다. 감긴 눈이 아닌, 또랑또랑한 눈으로 별을 보고 달도 보고 싶다는 마음이 하필이면 그날 일렁였다. 이 세계의 미천한 계급인들이 직접 생산하고 만드는 우리의 인공 밤하늘. 누군가의 땀과 착취가 깃들었기에 더욱 아름다운 시간의 색. 한 번이라도 좋으니 여유 있게 즐겨보자는 충동이 일었다. 학원 선생님에게 생리통으로 아프다는 핑계를 대고 달아났다. 만약 평상시처럼 파김치가 될 때까지 학원에 갇혀 있었다면, 하원 버스를 타고 안전히 귀가했을 테니 살해되지 않았을 거다.

저지른 일을 후회하는 건 어린아이들이나 하는 거랬다. 이미 다 끝난 일을 자꾸만 후회해서는 안 된다. 스스로를 다그치며 눈을 떴다. 물줄기는 계속해서 샤워기 아래로 쏟아졌다. 살결은 물을 잔뜩 머금어 충분히 청결해졌다. 수증기로 뿌옇게 흐려진 거울을 닦았다. 그 속의 나를 바라보았다.

눈 두 개. 코 하나. 입 하나. 앞머리가 없는 단발머리. 엄마 몰래 뚫었다가 들켜버려 어정쩡하게 막힌 피어싱 구멍. 전부 내가 맞았다. 나는 완벽히 살아났다.

"복생한다는 거, 별로 재미없구나."

축축해진 입술로 남기는 짧은 감상이었다. 머리의 물기를 짠 후 타월로 온몸을 닦았다. 포근한 잠옷을 입고 사과주스 한 컵을 마셨다. 여전히 한낮이고, 아파트 밖은 평화로웠다. 요란스러운 건 오직 내 마음뿐이었다.

생각하지 말아야겠다. 생각을 너무 많이 하면 어른들처럼 마음이 늙어버릴지도 모른다.

책상 위에는 낯선 쪽지가 있었다.

사랑하는 인연이에게. 복생을 축하해.
앞으로 잘해낼 거라고 **믿을게.**

유일한 가족이자 나를 세상에서 가장 귀하게 만들고 싶어
했던 어른의 믿음이 적혀 있다. 나를 향해 믿음을 발음하는
엄마의 입술이 보이는 것만 같았다. 그 순간에 호흡이 멎는
듯한 질식감을 느꼈다.
"허, 윽……."
오른손으로 가슴팍을 부여잡았다. 얇은 잠옷 안의 따뜻한
살결이 꼬집혔다. 괴로워하며 고개를 숙이자 젖은 머리칼이
뺨을 타고 흘러내렸다. 입 밖으로는 뜨거운 숨이 뿜어져 나
왔다. 호흡이 가빠졌다.
내겐 강박 증세가 있다. 누군가가 나를 믿는다고 하면, 즉
각적으로 부담을 느끼어 과호흡을 일으켰다. 심할 경우에는
환청을 듣고, 두통을 호소하며 정신을 잃기도 했다. 병원에
서는 '신뢰 강박'이라는 말로 나의 상태를 정의했다. 하지만
명쾌한 정의가 가능하다고 해서 마음까지 단순해지는 건 아
니었다. 오히려 내가 다른 아이들과 달리 비정상이라는 점만

분명해져 불편함을 떨칠 수 없었다.

말 잘 들을 거라고 믿을게.

상냥한 딸이 될 거라고 믿을게.

믿음에 보답해, 기대에 부응해. 배신은 하지 마.

충족시키지 못하면 너에게 실망할 거야.

실망시키면 네 곁에 머물지 않을 거야.

귀를 틀어막고 나쁜 목소리를 쫓고자 비명을 질렀다. 복생하던 순간에 뱉었던 괴성이었다. 강압적으로 나를 방구석에 몰고, 손가락으로 이마를 꾹 누르던 엄마가 떠올랐다. 언젠가 친구와 싸웠을 때 엄마는 내가 먼저 미안하다고 사과하지 않았던 고집을 '죄'라고 했다. 엄마는 나쁜 여자아이는 귀한 대접을 받을 가치가 없다며, 차갑고 낮은 목소리로 훈계했다. 그 모습이 눈앞에 아른거렸다. 강박에 시달릴 때면 엄마는 늘 괴물로 변했다.

환각에서 깨어나기 위해 머리를 바닥에 쿵쿵 찧었다. 새끼손가락을 들어 환상 속 엄마에게 앞으로 절대 그러지 않겠다 약속했다. 괴물은 늘 내게서 맹세를 착취한 후에야 사라졌다.

찧은 머리는 아프지 않았다. 과연 복생자에게는 통증이 없구나. 그렇다면 내가 느낀 건 육체가 아닌 영혼의 고통이었다. 니는 힘을 줘, 괴호흡 증세가 모두 사라질 때까지 계속해

서 머리를 처박았다. 이마에서 피와 땀이 뒤섞인 끈적한 액
체가 흘렀다. 뜨끈뜨끈했다. 입술까지 타고 흐른 피에서 비
린 맛이 났다.

강박 증세에서 벗어나고 싶었다. 한 번 죽고 다시 태어나
기까지 했는데 똑같은 약점으로 괴롭기는 싫었다. 공부를 잘
하지도, 엄마가 바라는 대로 완벽한 딸이 되지도 못하는 나
는 늘 어른을 실망시켰다는 자책 속에서 살아왔다. 하지만
이제 엄마가 자랑스러워하는 복생자가 됐으니 마음을 놓아
도 되지 않을까.

강박 증세를 멈추는 방법은 알지 못한다. 과거에는 엄마가
달려와 약을 주거나 꼭 안아주며 등을 토닥였다. 혹은 시간
이 약이라는 말을 믿고서 증세가 호전될 때까지 견뎠다. 눈
앞에 엄마의 쪽지가 계속 보이는 이상 호흡을 주체하지 못할
거다. 살기 위해 자리에서 벌떡 일어났다. 잠옷을 입은 채로
신발을 구겨 신고서 미친 듯이 계단을 내려갔다. 의아했다.
엄마는 내가 신뢰 강박으로 괴로워하는 걸 알면서도 믿는다
는 말을 적어놨다. 내가 이렇게 시달릴 걸 예측했을 텐데.

"오늘은 날씨가 좋구나. 같이 산책을 가겠어?"

아파트 정원에서 판과 이야기를 나누는 낯선 아이가 보였
다. 안광이 모두 사라진 탁한 눈으로 상대가 하는 말을 듣고

만 있는 여자아이였다. 힘없이 푸석하기만 한 머리칼에는 뜻 모를 울적함이 서려 있었다.

판은 황망하게 달려가는 나를 보면서도 인사를 건네지 않았다. 대신에 여자아이를 데리고 어딘가로 향했다.

아마 저 여자아이가 아파트에서 판을 제외하고 유일하다는 이웃이겠지. 나는 달려가는 와중에도 절대 놓치지 말아야 할 작은 꽃 하나를 눈에 심는 마음으로 그 아이를 시선 속에 새겼다.

찰나의 순간, 우리의 눈이 마주쳤다.

걸음을 멈춘 곳은 성당 인근이었다.

정문에서 입장 순번을 기다리는 사람들은 개미 떼 같았다. 후 하고 불면 우수수 날아갈지도 몰랐다. 모두 자신이 소속된 곳에서 불평 한번 토로하지 못하고 일만 해온 어른들일 테다. 그들의 어둑한 얼굴에서 허무와 절망이 보였다. 노동으로 지친 자의 고난은 멀리서 보았을 때 사람의 것으로 보이지 않았다.

나는 가끔, 힘든 것을 털어놓지 못한 채 살아가는 어른들을 새끼 괴물이라 생각했다. 언제든지 타인에게 나빠질 준비가 돼 있는 크리처 말이다.

반면에 성당 후문으로 나오는 이들은 모두 상쾌해 보였다. 솜사탕처럼 가벼워진 두 다리를 나풀거리며 뛰기도 했다. 눈 아래의 거무죽죽한 고랑도 더는 피로해 보이지 않았다.

이사야와의 만남을 희망하는 신도는 여벌의 옷과 무시무시한 도구를 챙겨 와야 했고, 그건 예배가 끝난 뒤 바구니에 담아 전부 폐기했다. 성당 옆에 위치한 폐기물 센터로 향하는 일까지가 어른들의 개인 예배 과정이었다.

"이사야 님은 오늘도 마음을 구원하셨어. 난 벌써 마흔여섯 번째야."

"이사야, 이사야, 나의 이사야!"

"도시를 수호하는 신세기의 신이셔."

어른들은 경배를 멈추지 않았다. 쾌활해진 얼굴로 서로의 어깨를 감싸고 이사야를 찬양했다. 이사야는 온갖 미움과 경멸, 혐오와 원망으로부터 인간의 마음을 깨끗하게 정화한다고 숭배받았다. 태초의 순수함을 복원함으로써 어른들은 불결한 현재를 잊고, 찬란한 미래를 맞이했다. 만약 오늘 구원을 받고, 내일 미움이 끓어 차면 다시 이사야에게 구원받을 수도 있다. 신이 살아 있는 이상 구원은 무한히 충전된다. 그것이 도시에는 무서운 일이 없다는 명제의 근거다.

줄만 서면 받을 수 있는 구원이 무엇인지 궁금했지만 16세가 20세로 변하기 위해서는 천 번이 넘는 밤이 필요하다. 한편으로는, 영원히 저들과 같은 어른이 되고 싶지 않다는 생각도 들었다. 그들의 기쁨에서 꺼림칙한 광기가 보였으니까.

생각만으로도 죄를 지은 기분이 들어 양손으로 뺨을 두드렸다. 좌우를 살폈다. 몇몇 어른들이 잠옷 바람으로 서 있는 나를 미친 아이 취급하며 스쳐 지나갔다. 신기했다. 내가 복생자인 걸 아는 사람들은 나를 보석처럼 대했는데, 그걸 모르는 사람들은 나를 부랑아 취급했다.

성당 앞에 쪼그리고 앉아 젖은 머리가 다 마를 때까지 기다렸다. 엄마는 보이지 않았다.

✦

　인공 해가 산 너머로 숨고, 인공 달이 숨은 해의 궤적을 좇는 동안 하릴없이 사람들을 구경했다. 잠옷만 입기에는 춥네, 그리 생각하며 몸을 더 감쌌다. 의미 없는 풍경을 보는 동안 강박 증세는 모두 사라졌다.

　어둠을 끌고 온 달이 하늘의 정중앙에 걸리자 어느덧 세상은 새까맣게 물들었다. 가로등이 켜지고, 성당 꼭대기의 종탑에서 청아한 종소리가 울려 퍼졌다. 매일 울리는 종소리를 통해 우리는 낮과 밤을 구분한다.

　하얀 페인트로 외관이 칠해진 성당은 인공 햇빛이 줄어든 시간에도 달빛을 받아 성스러웠다. 나는 저 빛 너머에 있을,

한 번도 본 적이 없는 이사야를 상상했다.

그때였다. 신발 위를 기어가는 기묘한 움직임이 감지됐다. 느릿하게 내려다보았다.

"으아악!"

낮에 보았을 때 제일 징그러운 생명체는 바퀴벌레, 밤에는 어둠 지렁이다. 성미가 더러운 녀석들은 인간을 물기도 했다. 원체 더럽고 혐오스러운 존재라 무슨 병을 옮길지 몰랐다. 평범한 도시인이 어둠 지렁이를 포획하는 건 불가했다. 속도가 매우 빠르고, 지능이 높기 때문이다. 어떤 종자들은 사람처럼 말을 하기도 한다지.

"나한테 닿지 말고 따라오지도 마 제발!"

하필이면 내 신발이 마음에 들었는지 어둠 지렁이가 자꾸 따라왔다. 나는 혼이 쏙 빠진 채로 달아났다. 어둠 지렁이는 뱀처럼 민첩하게 거리를 좁혀왔다. 온몸이 새까만데, 퍼런 남색 빛이 희끗희끗하게 돌았다. 발뒤꿈치에 당도했을 때 나는 침까지 튀겨가며 치를 떨었다.

순간, 기다란 막대 하나가 어둠 지렁이를 포획했다.

"두껍네. 비싸게 팔리겠어."

골목에서 나타난 웬 녀석이었다. 나는 놀란 가슴을 부여잡은 채로 바구니 속에 미끄덩한 괴물이 갇히는 장면을 확인했다. 입구가 확실히 밀폐되어 어둠 지렁이는 절대 빠져나올 수 없었다.

"지렁이는 아무나 못 잡는다고 들었는데?"

"맞아. 나 같은 계급인들이나 잡는 거지. 밤의 채집자 말이야."

달처럼 하얀 얼굴을 한 아이는 자신을 밤의 채집자, 즉 계급인이라고 소개했다. 태어나서 계급인과 만나는 일은 처음이었다. 분명 밤에만 활동하고, 지렁이처럼 더러운 생물을 만지작거리는 사람들이니 생김새도 흉악할 거라 추측했다. 하지만 눈앞의 아이는 오히려 나보다 더 부드러운 눈매를 가졌다.

"밤에 혼자 돌아다니면 위험해. 더군다나 내가 활동하는 구역에선 더 그래. 혹시 너도 라이터를 사려는 거야?"

"라이터?"

"아닌가 보네."

그 아이는 주머니를 뒤적거리며 못 들은 척을 하라고 구시렁거렸다. 그러다 나의 얼굴을 한참 바라보고는, 십년지기 친구라도 본 듯이 반색했다.

"이제 알겠다. 너 복생자 주인연 맞지?"

채집자의 층이 많고 짧은 머리칼이 가볍게 찰랑거렸다. 한쪽 귀 뒤에 그 머리칼을 가지런히 꽂으니, 가려져 있던 깨끗한 뺨이 보였다. 거기에는 흑진주 같은 점도 있었다. 나보다 두 뼘은 더 큰 키와 너르지만 상냥한 어깨. 나는 한참 동안 낯선 채집자를 바라보았다.

영원히 이 순간을 잊지 못할 것만 같았다. 왜냐하면…….

"드디어 다시 만났어. 주인연, 나랑 연애해줘."

지독하게 이상한 녀석과의 첫 만남이었으니까.

✦

　도시에는 세 가지의 계급이 있다. 하나는 도시인. 우리는 이것을 일반적인 신분으로 간주한다. 다른 하나는 복생자. 선택을 받아 되살아난 자들로 도시인보다 신성하게 여겨진다. 마지막으로는 계급인. 도시법에 복생자가 우수한 사람들임은 명시되어 있지만, 계급인이 열등한 사람이라는 말은 없다. 그럼에도 모두 암묵적으로 약속했다. 그들을 일반인의 범주에 끼우지 않고 열외자로 취급하자고.

　계급인은 낮에 일하는 낮의 농부들과 밤에 일하는 밤의 채집자로 다시 나누어진다. 낮 농부들은 빛을 만드는 들풀을 수확하여 밝은 하늘을 만든다. 세상을 밝히는 인공 해와 푸른 하늘, 하얀 구름은 모두 낮 농부들이 수확한 풀에서 빛을 짜내어 만드는 인공 자연이다. 반대로, 밤의 채집자들은 어둠 지렁이에서 칠흑을 추출하여 어둠과 달빛을 만든다. 하루를 끝내는 새까만 신비이자, 도시의 평안이다.

한평생 낮과 밤이 반복되는 동안 낮의 농부들과 밤의 채집자들은 영원히 같은 일을 반복한다. 그들은 한눈팔지 말고 제 일에 최선을 다해야만 한다. 의사가 되지 못하고 선생님이 되지 못한다. 변호사가 되기 위해 공부를 할 시간도, 화가가 되기 위해 그림을 그릴 시간도 주어지지 않는다. 변화가 없다는 사실이, 그들의 신분을 천하게 만든다.

변화의 가능성이 없다면 미래도 기대되지 않으니까.

'계급인'이라는 단어는 일종의 낙인이다. 부르는 순간 그들이 도시인보다 저열한 인생을 살아간다는 멸시가 작동했다. 그중에서도 밤의 채집자들이 더욱 멸시받았다. 낮의 농부들은 가끔 성당에서 이사야를 기다리며 구원을 요구할 수 있지만 밤의 채집자는 낮에 활동하지 못해 구원도 받지 못했다.

필연적으로 야행성이라 낮에는 무조건 잠을 잤고, 그러지 않더라도 각자의 가정에서 휴식을 취했다. 세상 사람들이 밝은 햇살을 받고 성당의 문을 열 때 그들은 어둠 속에만 있다. 밤의 채집자라는 이름과 잘 어울리는 삶이다.

그런 존재가 처음 보는 나에게 대뜸 연애를 제안하다니. 이 친구, 아무래도 최근에 〈로미오와 줄리엣〉이라는 영화를 봤는가 보다.

"내가 미쳤니? 싫어."

턱을 추어올려 노려보았다. 어둠 지렁이는 무서워도 계급 인은 무섭지 않았다.

"거절할 줄 알았어."

"내가 복생자인 걸 알고 그런 말을 하는 거지? 콩고물이라도 떨어질까 봐서."

"지금은 말할 수 없지만, 나는 널 이미 알고 있었어. 그래서 네가 나랑 연애를 해줬으면 좋겠어. 날 좋아하거나 사랑해 달란 말은 아니야."

"이게 무슨 헛소리지?"

"이런 말을 하는 건 나한테도 어려운데……."

반대편 건물에서 둔탁한 소음이 들려왔다. 육중한 물체를 바닥에 질질 끄는 소리였다. 아무래도 어둠 지렁이를 잡기 위해 한발 늦게 나타난 채집자인 것 같았다. 계급인들은 돈을 좋아했다. 하찮은 그들의 세계에서 협력이란 존재하지 않을 테니 서로 마주친다면 돈이 될 만한 건 전부 뺏고 싶어 할 게 분명했다. 나랑은 관계없는 일이었다.

“너를 지키고 싶어서 그래.”

채집자가 다짜고짜 나의 어깨를 두드리곤 앞으로 뛰어가 자는 손짓을 보냈다. 나의 손목까지 잡으려다, 내가 불쾌해 한단 것을 눈치채고는 차마 잡지는 못하여 망설였다.

“당장 달아나야 해.”

“내가 왜?”

“너는 아직 모르겠지만 도시의 위험한 것들은 무엇도 사라 지지 않았어. 어떤 어른도 널 지켜줄 수 없지만, 나는 너를 지 켜줄 수 있어.”

“지키긴 뭘 지켜? 뭔데 갑자기 아는 척이래.”

“그러면 하나만 허락해줘.”

“뭘.”

“내가 네 손을 잡게 해줘.”

“싫어.”

딱 잘라 거절했다. 채집자는 발을 동동 굴렀다. 경쟁자에 게 지렁이를 뺏기고 싶지 않으면 혼자 달음박질치면 되는 일 이었다. 내 덕분에 커다란 지렁이를 채집했으니, 비싼 값을 받은 다음 저녁밥을 먹을 때마다 내가 있던 방향으로 절을 하도록! 하지만 채집자는 한사코 내 곁을 떠나지 않았다. 불 안한 얼굴로 사방을 살피기만 했다. 그러다 곧장 가까운 벽으로 가더니 광고 전단 사이에서 뭔가를 냉큼 뜯었다.

"이걸 봐. 지금 오고 있는 자는 채집자가 아니야."

수배 전단이었다. 나이 미상, 직업 미상, 주로 밤에 성당 근처에서 활동, 발견 즉시 경찰에 신고 혹은 대피. 몽타주는 없었다. 어둠에 반쯤 가려진 종이 위에 가장 중요한 다섯 글자가 있었다. **연쇄살인범.** 불온한 기억이 머릿속을 스쳤다. 코를 찌를 듯이 진동했던 피비린내가 다시 어른거렸다. 역시 나를 죽인 자는 아직 검거되지 않았고, 끔찍한 짓도 멈추지 않았다.

"당장 경찰에 신고해야지!"

"의미 없어. 달아나자."

"네가 뭔데? 밤에만 돌아다니는 계급인이 날 지켜준다고? 네 몸이나 지켜. 난 지금 바로 경찰 부를 거니까."

"너 휴대폰 없잖아."

주머니를 뒤집었다. 카드 한 장과 보푸라기뿐이었다. 복생한 이후 전자기기를 지급받지 못했다. 아파트 내 연이어 발생한 화재로 인하여 혹시 모를 폭발 위험을 하나라도 예방한다는 이유였다.

채집자가 식은땀을 흘리며 뒤를 살폈다. 나는 공포에 다리가 떨리기 시작했고, 차마 뒤를 돌아보지 못했다. 바닥에 끌리며 다가오는 둔기 소리는 점점 가까워졌다. 채집자는 세급인이라 휴대폰이 없었고, 계급인 따위가 경찰을 불러봤자 무시당할 게 뻔했다. 이 아이가 지금 할 수 있는 일이라곤, 제안처럼 도망치는 것이 전부였다.

"저게 연쇄살인범의 소리라는 걸 어떻게 알아?"

"말해줄 수는 없지만 나는 알아. 그러니 달아나야 해."

복생술은 일생에 단 한 번만 시행할 수 있다. 두 번 죽으면 그대로 끝이다. 치열한 경쟁 끝에 하사받은 삶을 펼치지도 못한 상태로 또 죽고 싶지는 않았다.

"네가 허락해주면 같이 달릴게."

채집자가 손을 내밀었다. 다섯 손가락의 마디 끝까지 간절함이 꽉 차 있었다. 나를 모르는 체하고 달아나도 상관없을 존재인데 한사코 도우려 했다. 이해가 어려웠지만 오직 살고 싶다는 마음으로 커다란 손바닥 위에 나의 손을 포갰다.

손이 닿자마자 채집자는 나를 서둘러 등에 업고는 재빠르게 뛰었다. 절대 뒤를 돌아보지 말라고 경고했다. 얼굴을 보았단 사실을 알게 되면 또다시 위험해질 거라며. 나는 숨을 참은 채로 채집자의 등에 얼굴을 파묻었다. 두려웠다. 흉악범은 여전히 도시에 있었다.

채집자의 두 다리는 보이지 않을 정도로 빨랐다. 어둠을 세로로 절단하듯이 달리는 모습이 마치 복생하기 직전, 영혼을 육체에다 데려다준 바람의 움직임 같았다. 차이가 있다면 바람은 차가웠고, 나를 업은 채집자는 따뜻했다.

우리는 단숨에 위험에서 벗어났다.

"보랏빛 아파트 앞이야. 이제 안전해."

채집자는 내가 등에서 안전하게 내려올 수 있게끔 무릎을 굽혔다. 나는 발을 땅에 디딘 후에야 용기를 내 뒤돌아봤다. 다행히 아무도 없었다.

"이왕이면 낭만적인 순간에 나타나고 싶었는데."

우리의 계급은 명백히 달랐다. 너는 밤을, 나는 낮을 살아가는 사람이니 오늘 위험 속에서 만난 건 순전한 우연일 뿐이었다. 그런데 언제 나를 볼 줄 알고 낭만적인 순간을 바랐단 말인지. 수상쩍은 멘트에 고맙다는 말이 쏙 들어갔다.

"대체 날 어떻게 알고 있는 거야? 제대로 대답해."

"복생자가 누구인지 아는 건 쉬워. 복생술 이전에 생명국에서 공표를 하거든. 오늘은 여기까지만 알려줄게. 앞으로 매일 밤 나를 만날 수 있을 테니까."

"혹시 너 스토커니?"

"질대 아니야!"

채집자가 당황하며 팔을 겹쳐 가위표를 만들었다. 목숨을 구해준 사람을 역으로 몰아세우는 건 조금 과한 처사였나.

뭐 어떤가. 나보다 계급이 낮고, 다짜고짜 등장한 녀석인데. 상대를 한껏 무시하니 긴장이 풀렸다.

"넌 모르겠지만 도시에는 위험이 가득해. 계속해서 사람들이 죽어가. 이사야가 등장한 이후로 사람들은 경찰이 아닌 신만 믿기 때문에 경찰도 정부로부터 많은 지원을 받지 못하고 있어. 그래서 위험을 감수하지 않으려 밤에는 활동을 꺼리지. 너는 복생자이기 때문에 죽으면 두 번 다시 살아나지 못해. 수많은 사람 중에서 네가 가장 위험해. 확신할 수 있어."

"내가 무슨 잘못을 했다고? 난 복생한 지 얼마 되지도 않았어."

"알아. 네 잘못은 아무것도 없어."

"네 말을 내가 어떻게 믿지? 넌 네가 누군지 알려주지도 않았잖아."

채집자가 한 걸음 물러나더니 오른손을 왼쪽 가슴에 올린 채로 고개를 숙였다. 단순한 포즈가 아니었다. 우리의 세계에서 '맹세'라고 불리는 행위다.

"내 이름은 진초원이고 열여섯 살. 너를 지키기 위해 지금 여기에 있어."

맹세의 행위로 선언한 문장은 영원히 어기지 못한다. 만약

어졌다가는, 태초의 이사야가 우주에 걸어둔 '거짓의 재앙'으로 천벌을 받는다. 그러므로 어른들은 누구도 감히 맹세하지 않았다. 모든 약속이 달콤한 속임수고, 돌아서면 어졌다. 또한 도시인의 가정에는 무엇이든 갖춰져 있고, 우리는 마음만 먹으면 무엇이든 누렸다. 딱히 맹세를 해야 할 만큼 간절히 지키고 싶은 게 생기지 않으므로 쉬이 맹세하지 않았다. 그러니 당혹스러웠다.

나를 지키는 걸 맹세한다니.

부담스러운 마음에 뒷걸음질을 쳤으나 채집자는 가슴에 올린 손을 내리지 않았다. 정말로 근사한 영화라도 보고 온 걸까. 아니면 드라마? 충동적으로 시도할 행위가 아니었다. 처음 보는 사람에게 어떤 멍청한 녀석이 영원을 거느냔 말이다.

"너 미쳤어? 이거 취소 못 해."

"취소할 일이라면 시작도 안 했어."

"난 강요 안 했다? 모르는 일이야! 어디 가서 천벌로 벼락 맞아 죽더라도 내 탓 하면 안 돼."

"안 해."

"나한테 뭘 요구하려고 그래?"

"바라는 거 없어. 너는 이미 나에게 소중한 걸 지켜줬거든."

“나 너 처음 보는데?”

“나랑 연애해줘. 이게 너를 지키기 위한 유일한 부탁이야. 난 너를 사랑하지 않고, 너도 나를 사랑하지 않겠지만, 심지어 난 사랑이 뭔지도 모르지만, 그래도 부탁을 들어줘.”

“대체 왜?”

“이대로 살아가면 **너는 곧 도시의 저주가 되니까.**”

“계속 무슨 헛소리야!”

어이가 없었다. 황당무계한 소리의 연속에 역정을 낼 의욕조차 생기지 않았다.

그대로 돌아서 아파트 꽃 아치 너머로 달아났다. 계단을 올라 301호까지 도달하는 동안 채집자는 아파트 정문 앞에 오도카니 서 있었다. 내가 안전히 집으로 들어가는 걸 확인한 후에야 떠날 셈이었다. 곧게 한곳을 바라보는 그 녀석이 밤 녘에 외로이 핀 수선화 같았다. 혼자서만 하얗게 빛났다.

며칠 동안 이상한 소리가 났다. 정원에서 마주쳤던 여자아이의 호실에서 시공간을 찢어발기는 듯한 비명이 쏟아졌다. 한번 시작되면 거의 세 시간이나 지속됐다. 걱정되어 나가 보려 했지만, 문밖에서 판이 말했다.

"목청이 좋은 친구일 뿐이니 신경 쓰지 말렴."

"고성방가가 습관인 미친 이웃이 있는데 어떻게 신경을 꺼요?"

"남의 일에 간섭하지 않는 것이 어른스러운 자세란디."

"그래도 저 비명은 너무 과한……."

"얼른 들어가렴."

나는 비명이 끝난 후에야 겨우 잠들곤 했다. 꿈조차 꾸지 않는 깊은 잠이었지만 여자아이의 울음을 들은 날에는 스트레스가 해소되질 않았다. 아픔이 전이된 것처럼 나 또한 잠을 잘 때 끙끙 앓는 소리를 냈다. 그렇게 앓은 뒤 깨어난 아침은 평소보다 더 외로웠다.

출출함을 해소하기 위해 냉장고를 열었다. 기본적인 먹거리로 음식이 가득 채워져 있었다. 고급 호텔의 투숙객이 된 기분이었다. 하지만 좋아하는 간식은 없었고 푸릇푸릇하고 싱그러운 과일이나 채소, 입에 맞지 않는 건강식품뿐이었다. 복생자는 필요한 물품을 무료로 구입할 수 있다. 스트레스를 풀 겸 입이 얼얼해질 정도로 달콤한 초콜릿을 먹고 싶었다.

1층에는 널찍한 벤치와 나뭇잎이 잔뜩 내려앉은 원목 그네, 커다란 버드나무가 있다. 등교할 필요가 없는 학생에게 오전 여덟 시란 지나치게 이른 시간이었지만 학교에 다니던 습관 때문에 더 자는 것보다 깨어 있는 쪽이 편했다.

빗자루로 나뭇잎을 쓸던 경비원이 나를 보더니 반색했다.

"새로 입주한다던 복생자 학생이지? 만나서 반갑단다. 잠깐 휴가를 간 사이에 입주했나 보구나."

"저도 반가워요."

"편하게 경비 아저씨라고 부르렴."

그가 군청색 모자를 벗고 깍듯이 고개 숙였다. 어린 나에게도 예의를 갖춰주는 어른이라 초면임에도 불편하지 않았다. 나 역시 두 손을 모아 허리를 굽혔다. 존중으로 시작하는 만남 덕에 찝찝했던 하루의 시작이 정화되는 기분이었다.

경비 아저씨가 모자를 다시 쓰고는 나의 눈을 한참 들여다보았다.

"흔하지 않은 호박색 눈이구나."

"여기 계신 판 아저씨도 눈동자 색이 저랑 비슷하시더라고요. 복생자가 되는 운명을 타고난 사람들이 있나 봐요."

경비 아저씨는 떨떠름하게 웃었다. 웃음보다 웃음이 아닌 것에 더 가까워 보였다. 미묘한 기분이 들었으나 아저씨에게 마트의 위치를 묻는 것으로 화제를 바꾸었다.

"귀한 몸이 직접 디저트를 사겠다니? 차라리 내게 부탁하거라."

"제가 그 정도로 대단한가요?"

"그럼. 네가 여기서 안전하게 살도록 돕는 게 나의 역할이란다."

"나뭇잎 쓸어모으는 일을 하는 게 아니고요?"

"하하하. 내 딸이었다면 방금 그 말, 혼내줬을 거다."

아까의 텅 빈 웃음과 달리 장난스러운 밀을 뱉은 후의 웃음에는 진짜 감정이 담겨 있었다. 그는 입을 크게 벌려 호쾌한 소리로 나를 응대했다. 냉장고에 들어 있는 기본 음식들이 마음에 들지 않는다고 구시렁거리자, 함께 마트로 가 원하는 음식을 골라보자 제안했다. 거절할 이유가 없었다.

마트로 가는 길 내내 아저씨는 아파트 인근의 시설물들을 소개했다. 이사야가 있는 성당이 가장 중요한 건물이라 대부분의 시설물이 성당을 관리하거나 방문자들을 상대로 식사를 판매하는 곳이었다. 성당은 예배가 끝나는 이른 저녁이면 문을 닫아버리고, 새벽이 되어서야 다시 열기 때문에 주변 상가들도 일찍 잠든다. 그런 성실함이 내게는 지루했다.

건성으로 들어도 아저씨는 최선을 다해 대화를 이어갔다. 중간중간 날씨가 좋다거나, 바람이 이토록 선선한 날에 아파트에만 있는 건 갑갑할지도 모른다거나, 아침 일찍 나오고 싶었던 나의 마음도 이해한다거나 하는 사족을 덧붙여줬다. 대화의 중심에 나를 두는 배려가 고마웠다.

마트에 도착하자마자 디저트 코너 쪽으로 달려갔다.

"초콜릿을 이렇게나 많이 담으려고?"

"오늘 여기에 온 목적이거든요."

"이것만 먹으면 건강에 안 좋아. 내가 추천하는 식품은 파프리카랑 시금치랑 옥수수가 들어간……."

"웩! 아저씨나 드세요."

"솔직한 편이구나."

"맛있는 것만 먹으면서 살래요."

"사람의 시간은 그리 간단하지 않단다. 어떨 때는 싫은 일을 해내야만 더 좋은 미래를 얻을 수가 있어. 보상은 인내 후에 더 달아지거든."

아저씨는 초콜릿을 굳이 매대에 돌려놓지 않았지만, 내가 건강한 음식도 먹게끔 설득하는 일에 최선을 다했다. 아무리 최고급 파프리카나 시금치로 만든 음식이라고 해도 절대 먹지 않을 게 뻔했다. 그러나 아저씨의 상냥함을 무시하고 싶지 않아 아저씨가 건네는 걸 바구니에 군말 없이 담았다.

엄마는 살이 찌고 피부가 나빠진다는 이유로 디저트류를 많이 사주지 않았다. 아저씨처럼 나를 설득하려 하지도 않았다. 안 돼. 그 한마디면 내가 가진 많은 소망은 없던 것이 됐다. 반론을 펼치는 일도 어른에게 기회를 얻은 아이나 가능했다. 나는 깔끔한 방에 감금된 예쁜 강아지처럼 늘 주는 것만 먹고 시키는 일만 했다. 문득 경비 아저씨 같은 사람이 나의 아빠였다면, 조금은 더 행복하지 않았을까 싶었다.

"아저씨도 가족이 있어요?"

"당연히 있지. 네 또래의 딸도 있고 아들도 있단다."

"그렇구나……. 부러워요."

"복생자는 가족이랑 살 수 없으니 외롭고 힘이 들지? 201호 학생과도 친해지면 참 좋겠지만……. 아무래도 친해지기는 힘들 거야."

"여자아이 말하는 거죠?"

"그래. 수연이."

아저씨의 말을 통해 처음으로 판과 함께 있던 여자아이의 이름을 들었다. 어떤 사람인지 경험하기도 전에 친해지기 힘들 거라는 정보가 추가된 건, 내 쪽에서 상대에 대한 호기심이 단번에 꺾이는 말이었다. 하지만 의지할 곳이 없는 복생자 아파트에서 유일하게 말동무가 가능할 것으로 추정되는 아이니까 관계를 섣불리 포기하고 싶지는 않았다.

아저씨는 수연이에 관한 이야기를 좀 더 해주었다. 3년 전, 열여섯 살의 나이로 복생자가 됐고 그녀 또한 연쇄 범죄의 희생자였다. 온전한 삶을 살아갔다면 현시점에서 열아홉 살이니 언니겠지만 아파트에 사는 복생자니 나이가 가산되지 않는다. 그녀의 과거를 전혀 모르는 척 반말을 해도 괜찮다는 의미였다.

"3년이나 아파트에 있었다는 건, 3년 동안 고행을 겪었다는 말이지."

"고행이요?"

"신경 쓰지 말렴."

수연이를 떠올릴 때 아저씨의 표정은, 내가 본 수연의 얼굴처럼 어두웠다.

"그 아이는 이제 마음을 닫아버렸어."

"판 아저씨랑은 친해 보였는데요."

"상대에게 존중받지 못한다면 친구가 아니란다."

침울한 표정을 짓던 아저씨는 대화 소재를 바꾸었다. 가족 이야기를 마저 하자며 나의 아버지에 관해 물었다. 하지만 이 소재야말로 더욱 할 말이 없었다.

"아빠 없어요. 어디 있는지도 모르고요."

아저씨는 시무룩해진 나를 위해 가장 비싼 딸기 초콜릿을 세 개나 바구니에 담아주었다. 나는 단순한 인간이라, 장바구니에 가득한 초콜릿만 봐도 금방 기분이 좋아졌다. 종잇장처럼 쉽게 뒤집히는 나의 표정을 보고서 아저씨는 인위적으로나마 웃어주었다.

"오래전에 살던 복생자 아이기 생각나네. 그 아이는 복생자 중에서도 우수함을 두루 갖춘 최고의 학생으로 간주됐단다."

"대단한 사람이었나 보네요."

"슬픈 사람이지. 복생자가 되어 왔다는 건, 한 번 죽었다는 뜻이니까. 뺑소니 사고로 가족을 모두 잃은 열아홉 살 학생이었어. 전신이 으스러져 끔찍하게 죽은 덕에 복생이 가능했지. 그러니 마냥 칭찬하기는 힘들어.”

“아파트에선 더 이상 살지 않나 봐요?”

“중요한 자격을 박탈당해 아파트에서 쫓겨났어. 마음이 외로운 아이라 누군가와 사랑에 빠져버렸거든. 미성년 복생자는 특히 신성해야 하니까 타인과 가정을 이룰 수 없고, 특정인을 사랑해서도 안 되는 거 알지?”

신성한 몸과 마음의 유지는 누구에게도 침범 받지 않음을 의미했다. 자기 자신 이외에는 삶을 한 조각도 내어주지 않아야만 지킬 수 있는 가치. 평범한 사람과는 달라 보이고, 실제로도 달라야만 했다. 그것이 신성함이고 곧 숭고함이었다. 유리 성 안에서만 사는 하얀 새는 신성하게 느껴지지만, 내 손 위의 새는 얼마든지 더럽힐 수 있어 신성하지 않게 느껴지는 것과 같았다.

그런 의미에서 복생자는 특정인을 사랑해선 안 됐다. 몸과 마음, 모든 것이 오염되지 않은 ‘순수’로만 머물러야 했다.

초원이 한 말을 떠올렸다. 자신과 연애하자는 엉뚱한 제안. 어쩌면 복생자 조건을 상실하라는 의미일지도 몰랐다.

“오래전의 그 여자아이도 너처럼 초콜릿을 좋아했고, 좋아하는 것을 잔뜩 들고 있어도 외로워 보였단다. 아파트에서 나갈 때 얼마나 서럽게 울던지. 얼굴도 너와 닮았어."

아저씨는 무거운 장바구니를 대신 들고서 계산대로 향했다.

"부디 너는 견딜 수 있을 만큼만 외로우렴."

인자한 얼굴로 나의 안녕을 바라는 아저씨는 서글퍼 보였다. 외롭지 않았으면 좋겠다는 말을 엄마에게도 들어본 적이 없었다. 아저씨에게 고마움을 느끼면서도 한편으로는 내 손에 없는 보석을 떠올리듯 울적했다.

아저씨는 건물 관리 업무를 위해 지하실로 떠났다. 지하에는 복생자를 위한 호실이 없지만, 몇 개의 공실과 전력 공급실이 있었다. 공실 중 하나는 판이 소유했는데, 매일 잘 잠겨 있는지 살피는 일을 경비 아저씨가 대신 해준다고 했다. 판은 유능한 의사였던 덕에 부유했다. 도시의 주요 관직자들과도 친밀한 관계라 허가를 받아 공실을 구매했단다.

판에 관해 이야기할 때 아저씨는 별로 신이 나 보이지 않았다. 상한 음식을 억지로 먹는 사람처럼 불쾌함을 감추는 것만 같았다.

혼자가 된 나는 배달부가 정문에 두고 간 신문을 챙겼다.

햇살이 잘 드는 벤치는 글을 읽기에 좋은 공간이었다. 복생자가 되기 전에는 학교에서 신문 감상문을 쓰는 숙제가 있지 않은 이상 자의적으로 읽은 적이 없었다. 책보다 만화책이 좋고, 흑백보다는 컬러가 좋고, 글자보다는 영상이 좋았다. 나이를 방패 삼아 변명하고 싶진 않지만, 16세의 우리들은 누구나 그랬다.

하지만 오늘은 찾아보고 싶은 내용이 있었다.

신문에는 별별 기사가 다 있었다. 예년에 비해 도시가 훨씬 더 부흥했다는 자찬 일색의 칼럼, 요즘 인기 있는 할리우드 영화 평론, 이민자들이 말하는 이 도시가 살기 좋은 이유……. 대체로 밝고 아름다운 것들이었다. 그 덕에 도시인은 신문을 보고 더 이상 무언가를 걱정하지 않았다. 살기 좋은 시대에 태어난 점을 기뻐할 뿐이었다.

가장 큰 섹션은 역시 1면 정중앙에 자리 잡은 '이사야 추앙란'이었다.

"범죄자가 잡히지 않았는데도 좋은 말만 있네."

불만 담긴 혼잣말이 절로 나왔다. 언론국은 하루에 한 번씩 추앙을 진행했다. 신문에는 찬앙을 담은 격주 높은 단어와 문장들이 나열되어 있었다. 이사야를 향한 호기심과 그에 비례하는 반감을 동시에 느꼈다. 미지의 신을 상상하며 1면을 정독했다. 읽는 행위만으로도 마음이 맑아지는 기분이었다.

하지만 이게 목적은 아니었다. 지명수배에 관한 정보를 얻고 싶었다. 나의 죽음을 추적하는 일이야말로 새 삶을 받은 내가 마주해야 할 과업이었다.

"당돌한 아이네."

누군가 신문을 부드럽게 낚아챘다. 반사적으로 고개를 돌리니 판이 있었다.

깔끔한 포마드 머리를 한 그가 소매를 걸어 팔뚝을 드러냈다. 세련됨을 유지할 정도로 잘 단련된 근육과 푸른 핏줄이 흰 피부 겉으로 은은히 드러났다. 비교적 젊은 나이에 죽은 자라는 건 건강한 몸만 보아도 단번에 알 수 있었다.

"뺏어서 미안해. 이건 내가 값을 지불한 거라서 말이야. 나는 묻지 않고 내 물건을 만지는 일을 불쾌해하거든."

"죄송해요. 무료 신문인 줄 알았어요."

"죄송하다고 말했으니 됐어."

판이 가볍게 내 머리를 쓰다듬고는 곁에 앉았다. 그는 더 나눌 사담이 없다는 듯 입을 열지 않았다. 경비 아저씨와 달리 판은 친절함에도 불구하고 친밀감이 느껴지지 않았다. 그럼에도 묻고 싶은 말이라면 경비 아저씨보다 판에게 더 많았다. 나와 비슷한 호박색의 눈에 이끌린달까.

“도시에 흉악 범죄가 일어나는 거 아세요? 제가 어젯밤에 범인이랑 마주칠 뻔했거든요. 신문에는 왜 아무런 언급이 없죠?”

“흉악 범죄?”

판이 신문을 넘기다 물끄러미 나를 보았다. 의심이 가득한 얼굴이었다.

“혹시 너도 연쇄 범죄 피해자라 복생한 거니?”

그의 얼굴이 조금 달라졌다. 놀람과 당혹, 언짢음이 무질서하게 섞여 있었다.

“맞아요.”

“저런. 어른인 내가 대신 사과할게. 얼마나 마음이 힘들었니?”

판이 서둘러 표정을 바꾸곤, 나의 이마에 손바닥을 얹었다. 미열을 체크해봤자 지금의 나는 매우 멀쩡했다. 자는 동안 끙끙거리긴 했어도 그것만 빼면 숙면을 취했고.

“저 안 아픈데요.”

“나쁜 것을 쫓다가 삶을 망치지 말렴. 나는 너처럼 젊고 어린 사람들이 두 번째 인생을 행복하게 살았으면 좋겠어. 좋은 것만 보고 좋은 생각만 하면서 살아야 한단다.”

판이 바지 주머니에서 둥그런 본본 초콜릿을 꺼냈다. 이미 마트에서 한 아름 초콜릿을 구매했으므로 너 받을 필요는 없었는데, 왠지 거절했다가는 이야기를 더 나누지 못하리라는 예감이 들었다. 마지못해 초콜릿을 받았다.

"먹으렴."

"나중에 먹을게요. 오늘 아침부터 초콜릿을 많이 먹어서요."

"내가 지금 먹으라고 부탁해도?"

초콜릿을 주는 호의와 달리 그의 황금색 눈빛이 독수리처럼 매서웠다. 나는 위압감을 감지하고, 즉시 초콜릿을 까서 입안에 넣었다. 어찌나 큰지 지구를 삼키는 느낌이었다. 입안에 꽉 들어찬 초콜릿은 혀로 굴려도, 굴려지지 않았다. 목구멍까지 차오른 달콤함을 침으로 겨우 녹였다. 한동안은 말을 할 수 없었다.

"왠지 넌 아주 오래전, 여기에서 살던 복생자와 닮았어."

대답하고 싶었으나 커다란 초콜릿 때문에 입을 다무는 일조차 쉽지 않았다. 내가 늘 먹어온 상냥한 본본이 아니었다.

판은 안간힘을 쓰는 내 모습이 우스운지, 바람 빠지는 소리로 웃더니 신문을 넘겨줬다. 나는 녹은 초콜릿을 어금니로 겨우 토막 냈다.

"인연아. 아파트에 사는 복생자 아이들은 대부분 화재로 죽었어. 여기에 갇혀 사는 건 아이들에게 저주란다. 너와 닮은 오래전의 그 여자아이만이 스스로 나갔어. 누군가에게 목숨을 뺏겼던 순간이 얼마나 고통스러웠니? 네 사연이 불쌍하니까 그 아이처럼 이번에도 내가 너를 이곳에서 나가게끔 도와줄 수 있단다.”

“그럼 수연이도 도와주고 있는 건가요?”

“수연이? 벌써 이름을 알았어? 둘이 접촉할 시간은 없었을 텐데.”

“경비 아저씨가 말해줬어요. 수연이고, 열여섯 살에 복생했다고요.”

“그놈처럼 쓸데없는 것을 알려주는 사람은 멀리하렴.”

소심하게 판을 멈춰 세웠다. 묻고 싶은 것이 더 있었다.

“수연이는 어떤 아이예요?”

떠나려던 판이 뒷덜미를 물린 동물처럼 움찔했다. 하지만 이내 위화감이 느껴지는 평온함으로 다시 표정을 갖추었다.

“3년 동안 여기에서 살면서 나를 잘 따라주었어. 그 덕에 그 아이는 아직 신이 되지 않았지. 그렇다고 나갈 조건을 갖춘 것도 아니야. 조금은 맹한 아이란다.”

“맹한 아이? 그럼 나쁜 아이란 건가요.”

판이 나와 이마가 맞닿을 높이까지 고개를 숙였다. 사람과 사람의 관계에서는 설명하지 않아도 불시에 도달해버리는 감정들이 있다. 지금 내가 느끼는 거북함이 그러했다. 수상한 점이 포착된 것도 아닌데 판이 무언가를 숨기고 있다는 확신이 들었다. 본능적인 직감이었다.

입안의 초콜릿이 다 녹았음에도 고맙다는 말이 선뜻 나오지 않았다. 누군가가 나를 위해 걱정해줘도, 내가 원하지 않으면 위협이 될 수도 있다는 걸 처음 깨달았다.

"수연이는 착한 아이야. 겁쟁이거든."

먼저 시선을 돌린 건 판이었다.

"나를 그렇게 보지 마. 여기서 네 운명을 바꿔줄 수 있는 건 나뿐이란다."

판은 그대로 떠났다. 정원에는 풀꽃들의 싱그럽되 공허한 향만 남았다. 나는 그의 빈자리를 바라보았다. 어른이 떠난 자리에 이름을 얻지 못한 걱정들이 가득했다.

아침 산책 중인 수연과 마주친 것은 판과 헤어지고 얼마 되지 않아서였다. 먼저 좋은 아침이라거나, 밥은 먹었냐든가 하는 실없는 말로 인사를 건네보았지만 돌아오는 대답이 없었다.

동일한 복생자에, 나와 같은 나이에 죽었다. 이보다 더 끈끈한 연결고리가 있을까. 그럼에도 다가오지 않는 수연이가 야속했다. 그 아이는 초록색 들꽃 앞에 무릎을 굽히고 앉아 멍하니 흙만 보았다. 눈 속 안광이 모두 사라져, 살아도 꼭 죽은 사람 같았다.

"저기, 나 너랑 친하게 지내고 싶은데 같이 대화나 좀……."

“인연아.”

수연이 처음으로 나의 이름을 불렀다. 판이 미리 말해주어 알고 있었나 보다. 나의 이름이 그 아이의 목소리로 처음 옷을 입은 순간, 우리 사이에 이미 끈끈한 선이 존재한다는 생각이 들었다. 그럼에도 나를 향해 돌아보는 그 탁한 눈동자에는 아침 햇살이 담겨 있지 않았다.

“우리는 친해질 수 없어. 난 곧 여기로 돌아갈 거니까.”

“응?”

“다시 흙으로.”

힘없는 손으로 가리킨 것은 바닥에 쌓인 흙이었다. 들꽃의 뿌리를 지탱해주는 식물들의 땅. 수연은 정원의 흙을 어루만지며 뜻 모를 한숨만 쉬었다.

“며칠 전에 네 방에서 비명이 들렸어. 혹시 무슨 일이 있었어?”

대답이 없었다. 좀 더 이야기를 나누고 싶어 이것저것 많은 소잿거리를 던졌지만 소용이 없었다. 한참 동안 내 쪽에서 맥 빠지는 혼잣말만 하는 꼴이었다. 그러다 딱 하나의 단어, ‘판’이라는 이름에 수연의 눈이 반응했다.

“그 사람은 너랑 친해 보였어. 이 아파트에서 의지가 되는 사람이야?”

"나는 그 사람에게 의지하지 않아. 이 선택이 내 선택이라
는 점에서 나는 그 어떤 복생자보다도 용감해."

"무슨 소리야?"

"도망쳐. 어디로든."

수연은 그대로 뒤돌아섰다. 호실로 돌아가는 발걸음은 도
살장에 끌려가는 소의 것과 다르지 않았다. 제 의지로 움직
이지만 제 것이 아닌 마음. 수연이 한 말에는 여백이 많아 해
석이 어려웠다. 왠지 모르게, 그 말 중에 무엇도 거짓은 없을
것 같았다.

정원으로 돌아온 경비 아저씨는 내게 방으로 돌아가 달라
부탁했다. 나도 모르는 사이에 방문이 예정된 손님이 있었
다. 고분고분히 방으로 향하면서도 수연이 떠난 쪽으로 계속
눈을 힐끔거렸다.

시간이 토끼처럼 뜀뛰기를 하며 달아났다.

학교를 가지 않는 건 좋아. 이건 정말 좋은데……. 교과 공부가 사라진 무료한 시간을 무엇으로 채울지 의문이었다. 좋은 취미라도 만들어야 했다. 나를 죽인 범인은 또 어떻게 찾아야 할지도 고민이었다.

이런저런 생각을 하며 창문 밖을 바라보았다. 잠기운이 몰려올 때쯤 초인종이 울렸다. 기쁜 마음으로 현관문을 열었는데, 모두가 낯설었다.

"반갑습니다. 신앙국에서 나온 수도사들입니다."

"신앙국에서 왜요?"

"방으로 들어가서 알려드리겠습니다."

두 명의 여자가 밀물처럼 멋대로 들어오더니 현관문을 잠갔다. 그들이 입은 옷은 짙은 보랏빛 벨벳으로 만들어진 수도사 복장이었는데, 이마 중앙까지 덮은 후드 아래로 표정 없는 얼굴이 보였다.

"주인연 씨는 차기 이사야 후보로 선정되어 오늘부터 정화를 거치실 겁니다."

"예?"

"신이 될 복생자 중 하나로 선정되었다는 뜻입니다."

"신청한 적 없는데요?"

"당신이 신청하는 게 아니라 이 도시가 당신을 선택했습니다."

"제 동의는요?"

"어머님이 하셨습니다."

그들은 내 앞에 엄마의 지문이 찍힌 〈차기 이사야 승인서〉를 내밀었다. 미성년자인 까닭에 동의의 주체에는 내가 아니라 엄마의 이름이 기입되어 있었다. 삼깐, 이사아라면 신을 말하지 않던가? 성당에서 매일 개미 떼 같은 사람들을 만나는 존재 말이다.

"정화는 1회 180분간 진행됩니다. 복생자 아파트의 분은 바깥에서도 잠깁니다. 밖에서 대기 중인 수도사가 문을 잠가 어차피 도주가 불가하니 저항하지 않기를 바랍니다."

수도사가 두 명인 이유가 있었다. 한 명은 오른쪽에서, 다른 한 명은 왼쪽에서 내 팔을 포박하더니 방의 중심에 앉혔다. 겁을 먹고 돼지 멱을 따는 소리로 비명을 질렀으나 그들은 놀라는 내색 하나 하질 않았다. 열린 창문 너머로 나를 몰래 보는 판이 보였다. 표정이 나만큼이나 일그러져 있었다. 그에게 도움을 달라 소리쳤다. 판은 입술을 깨물고는 괴로운 표정을 짓다 사라졌다. 수도사들은 재빨리 커튼을 쳤다.

그들이 가방에서 타이머를 꺼내 180분을 세팅했다. 무려 세 시간이었다.

"우리 엄마가 뭘 동의했는지는 모르겠지만 저를 이렇게 대우하는 일이라면 절대 허락하지 않았을 거예요. 그리고 저 학교 다닐 때 공부 못했고, 친구도 별로 없었어요. 신이 될 만한 사람이 아니에요!"

"신을 만드는 건 그런 기준들이 아닙니다."

그들은 금빛 도구들을 꺼냈다. 나는 절대 봐선 안 될 것을 목도한 사람처럼 굳을 수밖에 없었다.

칼. 망치. 도끼. 끈. 좋은 상상을 가능케 하는 물건은 단 하나도 없었다.

수도사 하나가 순금으로 번쩍거리는 망치를 챙기더니 천천히 접근했다. 이럴 줄 알았다. 도시에 위험이 없기는 개뿔! 타인이 존재하는 이상 내게 완전히 안전한 공간은 없었다. 입에선 이유 불문하고 뭐든 죄송하니까 도구를 치워달라는 애원이 터져 나왔다. 수도사는 계속해서 다가왔다. 한 번 죽은 적이 있는 사람한테 이래도 되나? 지금 나의 나쁜 기억을 정면으로 후벼 파고 계시는데. 호소가 통하지 않는다는 무력감은 금방 공포로 바뀌었다.

"두려워 마세요. 괜찮습니다."

수도사는 망치를 들었다. 그대로 나의 어깨에 내리꽂았다. 또 죽고 만다!

"비명을 삼가세요."

번쩍거리는 망치가 양쪽 어깨를 번갈아 가격했다. 입가에 침방울이 고일 정도로 비명을 질렀다. 그런데…… 아프지가 않았다.

"정말로 괜찮습니다."

"아니요, 저기요, 그만!"

옆에서 다른 수도사가 황금 칼을 들고 다가왔다. 날카로운 금빛이 그대로 나의 피부를 베었다. 새빨간 피가 흘렀다. 두말할 것도 없었다. 이번에는 진짜 죽는다! 분명 피가 흘렀다고!

하지만 아프지는 않았다.

정신이 아득했다. 신체적 통증 때문이 아니라 심리적인 괴로움 때문이었다. 놀라고 기진맥진하여 쇼크로 숨이 넘어갈 것만 같았다. 사지가 파르르 떨리고 눈에서 굵은 물줄기가 넘쳐흘렀다. 이렇게나 괴로워하는 날 보고도 수도사들은 멈추지 않았다. 온갖 살벌한 도구들을 사용했다. 피가 쏟아지는데 오히려 정신은 점점 더 선명해졌다. 이 기묘한 경험이 나를 거의 미치게 만들었다.

지난밤, 수연이 내질렀던 비명과 전혀 다를 게 없는 소리를 지르고 난 후에야 그 아이가 무슨 일을 겪었는지 알게 됐다.

바닥에 눕다시피 주저앉았다. 수도사들은 땀을 뻘뻘 흘리는 정도가 돼서야 위해를 멈추었다. 새빨간 피로 적셔진 연장들이 소름 돋을 만큼 화려하게 반짝였다.

"이렇게 다쳐도 아픔을 모르다니요. 과연 성인聖人입니다."

칼을 들고 있던 수도사가 치유 크림을 꺼냈다. 그런 뒤 나의 상처 부위에 듬뿍 발랐다. 진실로 병 주고 약 주고였다. 신기하게도 피는 빠른 속도로 멎었고, 찢어진 살은 봉합됐다. 흉터 하나 없이 표피까지 재생됐다.

"우리의 마음을 정화할 이사야가 되기 위하여 주인연 씨는 자기 안 공포와 고통을 비워야 합니다."

"이게 무슨 개짓거리예요!"

"혼란스러울 수 있습니다. 괴로울 수도 있습니다. 그러나 고행을 견디지 않으면 이사야가 되는 일은 불가합니다."

"안 해, 안 해요!"

"이사야는 우리의 신입니다. 일반 인간은 절대로 오르지 못하는 경지이지요. 고통을 느끼지 못하는 복생자 중에서도 성년을 맞이하지 않은 자들, 순수하고 무지한 이들만이 신의 자격을 인정받습니다."

"성당에 이사야 살아 있잖아요. 제가 왜 이미 있는 신이 되려고 미친 짓을 겪어야 하는데요!"

"곧 폐위될 겁니다."

일제히 두 수도사가 무릎을 꿇더니 나의 허벅지에 붉은 장검을 꽂아 넣었다. 이제는 입으로 내지르는 것이 비명인지, 숨인지 구분되지 않았다.

"지금의 이사야는 너무 오래 활동했어요. 오염되기 전에 새로운 신을 찾아야만 합니다. 도시에는 아직 정화되지 않은 이들이 있어 범죄가 끊이질 않고, 신앙국이 지켜온 신의 존엄함을 돈으로 매수하려는 자도 있습니다. 질서가 붕괴되기 전에 차기 이사야를 만들어야만 하니 부디 견뎌주세요. 수많은 후보가 있었지만 모두 화재로 죽고 말았고, 다른 후보는 고행을 겪어도 쉽사리 정화되질 않습니다. 당신이 마지막 희망일지도 모릅니다. 신이 된다는 건 당신의 삶에도 축복이지 않겠습니까?”

수배 전단은 사실이었다. 도시에는, 구체적 정황을 알진 못하나 끔찍한 일들이 실존했다. 그날 밤 초원이 말한 연쇄살인범 또한 살아 있다. 하지만 신에게도 종말이 오던가? 이사야를 폐위시킨다니. 인간에 의해 신이 자리에서 끌려 내려오는 모습. 그런 초라한 결말은 상상해본 적이 없었다.

성당에 있는 존재가 사실 신이 아니고 신으로 만들어진 인간이라면, 오래전부터 나 같은 복생자를 신으로 만들어 전시했다는 의미다. 어떻게 인간이 같은 인간을 정화할 수 있다고 믿어온 걸까. 하나부터 열까지 이상했다. 어쨌거나 수도사들은 신앙국에서 파견된 전문 직업인이 확실했다. 팔뚝의 완장뿐만 아니라 희끗희끗하게 보이는 두피의 직인이 그 증거였다. 비록 머리털에 가려 잘 보이지는 않았지만, 일반인에게는 없는 하얀 문양이 새겨져 있었다. 그들의 말을 거역할 권한이 내게는 존재하지 않는다는 뜻이기도 했다.

신이 되는 축복?

한순간도 탐내본 적이 없었다. 신을 만난 적이 있어야 되고 싶다는 꿈도 꾸든지 말든지 하겠지. 우리에게 이사야는 공룡 같은 존재라, 분명 있다는 건 알겠으나 눈으로 본 적이 없어 상상조차 어려운 대상이었다. 내가 그 상상 속의 공룡이 된다고? 말이 안 됐다. 더군다나 우리 엄마가 허락했다니? 더더욱 말이 안 됐다. 아마 엄마라면 내가 하루빨리 우수한 직업인으로서 딸의 도리를 다하길 바랄 거다. 의사나 변호사 같은 직업 말이다.

도시를 정화하고 사람들을 어둠으로부터 지켜내는 일은 얼핏 듣기엔 멋졌지만 나의 길은 아니었다. 그냥 지금의 이사야가 알아서 계속해줬으면 좋겠다. 나는 장검이 빠져나간 허벅지의 구멍에서 솟구치는 피를 막으며 호소했다.

"저는 못해요……."

"선택권이 없습니다. 차기 이사야가 될 조건에 부합하는 복생자는 현재 인연 씨뿐입니다."

"전 아무것도 모르는 평범한 사람이니 괴롭히지 마세요."

"괴롭히는 게 아닙니다. 고행입니다."

"내가 괴로우면 괴로운 건데 왜 자꾸 강요해요? 이따위 일을 계속 겪어야 한다면 절대로 신이 되지 않아요."

"고행이 없으면 신성함도 완성되지 않습니다."

"왜 하필 난데요!"

"당신이 복생자 중 가장 무지하기 때문입니다. 가장 깨끗하다는 뜻이지요."

수도사들은 더 이상 말을 잇지 않았다. 타이머엔 여전히 100이 넘는 시간이 남아 있었고, 숨을 고른 그들은 다시 도구를 챙겨 나의 그림자를 넘어왔다.

◆

좁은 방에서 온갖 고행을 견뎌야 했다. 발라준 치유 크림 덕에 몸에 상처는 남지 않았으나 비릿한 피 냄새가 진동했다.

첫 고행을 견뎌낸 스스로가 대견했으며 동시에 역겹기도 했다. 도망치지 못할 거대한 운명이 이제 막 시작됐다고 생각하면 눈앞이 아득해졌다. 뜨거운 온천물에 턱끝까지 몸을 담근 것처럼 틈 없는 압력이 느껴졌다.

부당했다. 어른들은 쉽게 이유를 설명해주시 않는다. 그들이 따르라고 하면, 필연적으로 따라야만 한다. 그때 거절하면 반항이 되고, 반항은 처벌을 야기한다. 어째서 주인연이 차기 이사야가 되어야 하는지 납득이 불가했다. 몸을 콩처럼 말고 부르르 떨었으나 도통 마음의 괴로움은 해소되질 않았다. 창밖에는 어둠뿐이었다.

수도사들은 앞으로 여러 차례의 고행을 더 겪고, 내가 초탈해야만 과정이 끝난다고 설명했다. 끔찍한 일에 익숙해지지 않는 이상 고행이 계속된다는 뜻이었다. 차기 이사야가 되기를 받아들이고 운명에 순응하며 괴로운 일을 강요하는 사람들까지 전부 다 인정하라니. 아무리 생각해도 불합리했다.

나는 그들이 떠난 후 피투성이의 잠옷째로 침대에 누워 몇 시간 동안 말없이 두려워했다. 쓰레기 같은 놈들. 멋대로 남의 삶을 결정짓고 통보하는 이들이 싫다. 나를 힘들게 하는 놈들이 싫다.

"여기에 더 있고 싶지 않아!"

불안함에 참지 못하고 외출복으로 갈아입었다. 운동화에 발을 구기듯이 집어넣고는 서둘러 문을 열고 나섰다. 또다시 어제와 같은 밤이었지만, 그 아래에서 거리를 헤매는 나의 삶은 이전과 같지 않았다.

한번 불에 데고 나면 불에 델 것 같은 일은 시도조차 하지 않게 된다. 공포를 경험하는 건 불을 배우는 일이다. 감지한 이상 다가가지 않으려고 애를 쓰게 되는데, 나의 의지와 상관없이 조우가 예견된 일이라면 어떡해야 할까. 살아 있다는 이유만으로 매일매일 불 속에 손을 넣어야 한다면? 누구도 나에게 그런 삶을 강제할 권리는 없었다.

아파트 근처에는 가로등이 적었다. 하늘에 걸린 별과 달이 선물하는 허약한 빛을 따라 걸었다. 부디 어둠 지렁이가 나타나지 않길 바랐다. 오른발을 내딛고, 다시 왼발을 내디디면서 숨을 깊게 들이쉬었다. 걸음을 반복했다. 치열하게 떨었더니 머리가 백지처럼 하얘졌다. 조금 전만 해도 무서워 견딜 수가 없었는데, 시간이 지나니 넋이 나가버려 무엇도 느낄 수가 없었다.

뒤를 돌아봐도 아파트가 보이지 않을 때, 초원이 나타났다.

"거봐. 오늘도 만났어."

평화롭게 인사를 건네는 백의 얼굴이었다. 철없어 보이기까지 하는 미소가 순진하여 나는 잠깐이나마 안도감을 느꼈다. 초원은 수상할지언정 적어도 나를 통제하진 않는 상대였다. 그럼에도 내 마음을 들키고 싶지는 않아 퉁명스럽게 반응했다.

"아는 척하지 마."

"표정이 안 좋네. 무슨 일 있어?"

"네가 알 바 아니야."

"밤은 위험하니까 옆에서 같이 걸어줄게."

“됐어.”

“무슨 일 있었어? 핏자국이…….”

고행을 당한 후 차마 씻지 못한 피가 몸 곳곳에 묻어 있었다.

밤거리는 고요했다. 초원의 불규칙한 호흡소리가 생생히 들렸다. 바람조차 품지 않은 맑은 어둠이 내려앉았다. 이해받지 못할 비밀을 모두 말해버리고 싶다는 충동이 일었다.

아무도 나의 목소리를 듣지 못할 거고, 너는 낮의 사람들과 섞이지 못할 계급인이고, 나는 마음이 갑갑했다. 그렇다면 괜찮지 않을까. 너 따위에게 속사정을 털어놔도.

“나를 차기 이사야로 만들 거래.”

따라오던 초원이 주춤했다. 네가 들어도 황당하기 짝이 없는 말이겠지. 초원은 멈추지 않고 앞으로만 나아가는 나를 다시 쫓았다.

“고행을 겪었겠네.”

“알고 있어?”

초원은 나를 배려하는 듯 세 발짝만큼의 거리를 두고 뒤따랐다. 일직선으로 걷는 우리는 점점 성당과 가까워졌다. 냉랭히 빛나는 십자가의 푸른 조명이 시야 속에서 점차 확장됐다. 도시 어디에서 보아도 길을 찾을 수 있게끔 365일, 24시간 꺼지지 않는 청색 빛이었다.

저곳에 갇힌 존재의 뿌리가 하늘에 있지 않고 땅에 묶여 있다는 사실이 허무했다. 사람들이 그토록 경배하는 신이라는 대상이, 사실은 입맛에 맞춰 만들어진 존재라는 건 비웃지 못할 아픔이었다. 도시의 아픔이 아니라, 저 안에 갇힌 누군가의 개인적인 아픔.

"진초원, 신기한 거 말해줄까. 성당에 있는 이사야 말이야. 사실 신이 아니라 인간이었대."

"알아."

"네가 어떻게 알아?"

"은밀한 일은 전부 어둠 속에서 벌어지니까."

초원이 천진한 얼굴에 어울리지 않는 말을 했다. 나는 그 뜻을 다 알지 못해 고개를 끄덕이지 않았다.

"인연아. 내가 저번에 말한 거 생각해봤어?"

"뭘?"

"나랑 연애하자는 거."

"헛소리야."

"헛소리 같겠지만 신앙국에서 ㅠ정해놓은 복생자 규칙을 제일 쉽게 어기는 방법이 나랑 연애하는 기야. 니를 사랑하지 않아도 돼. 왜냐하면 나도 너 안 사랑하거든. 서로 잘 모르는 건 피차 마찬가진데 어떻게 내가 널 사랑하겠어."

뒤를 돌아 초원을 똑바로 응시했다.

"혹시 수연이라는 아이에게도 같은 제안을 했어?"

초원은 대답 대신에 고개를 저었다.

"왜 나를 위해서만 그런 제안을 해?"

고민하던 초원이 자기 가슴에 손을 올렸다. 지난번의 맹세 때와 같은 동작이었다. 초원에게는 나를 도와야만 하는 이유가 있었지만 알려주지 않았다. 나는 계속 물었고 초원은 답을 회피했다.

그때 단발적인 비명이 들렸다. 하늘에 걸린 어둠에 경미한 균열이 생길 정도로 날카로운 음색이었다. 어디선가 회색 연기가 뿜어져 나오고 있었다. 초원이 불안한 눈으로 걸어온 쪽을 바라봤다. 연기의 시작점은 복생자 아파트였다.

세 발짝 뒤에서 걷던 초원이 빠른 속도로 뛰어갔다.

"야, 같이 가!"

깜깜한 세계가 나의 등을 밀었다. 공포에 잠식당하고 싶지 않으면 초원을 서둘러 따라가라 재촉했다. 혼자 남겨지기 싫어 황급히 아파트 쪽으로 뛰어갔다.

초원은 아파트의 아름다운 꽃 아치 앞 차가운 바닥에 무릎을 꿇었다. 어딘가를 올려다보는 그 아이의 얼굴 안에 잿빛 연기가 가득 찼다. 그 연기가 나오는 곳은.

“또 죽었어.”
수연의 호실이었다.

◆

　다음 날. 산새도 잠에서 깨지 않은 이른 시간이었다. 수연이 머물던 방 앞에 노란색 테이프로 폴리스 라인이 만들어졌다.

　일자 앞머리로 이마를 빼곡히 채운 어떤 여자와 눈이 마주쳤다. 나는 그 여자에게 무슨 일이냐고 간곡한 마음으로 물었다. 여자는 시선을 바닥에 떨어뜨렸다. 대답해줄 수 없다는 답을 들은 것만 같았다.

　어젯밤 황망한 숨을 내쉬며 보았던 불꽃을 상기했다. 보랏빛 아파트 벽을 타고 상승하던 그 불꽃은 노랗고 붉었다. 복생자 아파트 어디에도 없는, 무서울 만큼 살아 있는 색이었다. 아파트에는 가스레인지를 비롯하여 점화 가능한 화기가 일절 존재하지 않았다. 나는 현장을 조사하러 온 경찰들의 대화에 귀를 기울였다.

"이번에도 외부 화기지?"

"맞아. 라이터일 거야."

"대체 누가 복생자 아파트에 라이터를 반입시키는 거야?"

"아무튼 이번에도 잘 처리해야 돼. 외부로 새어 나가면 안 돼."

선량한 시민들이 공포를 느끼지 않도록 무서운 일은 감추는 게 경찰의 미덕이었다. 하지만 엄마는 보호자 신분으로 화재 소식을 전달받았다. 이후 엄마는 한걸음에 달려왔다.

"인연아, 괜찮은 거야? 무사하니?"

나는 정원에서 수연의 방을 바라보고 있었다. 말이 없던 그 아이의 얼굴을 상상하다 눈을 돌리니 태어나서 처음으로 조급해하는 엄마가 보였다. 그녀는 무릎까지 굽혀가며 나의 몸 여기저기를 붙잡고 살폈다. 무사하다는 말을 몇 번이나 했지만, 직접 구석구석 확인하기 이전에는 믿질 않았다. 분주한 그녀도, 행동이 없던 수연도, 내게는 모두가 이해하기 어려운 타인들이다.

"난 괜찮으니까 걱정 마."

"정말 다행이다. 인연아, 그럼 이제 네가 유일한 차기 이사야 후보 맞지?"

순간 소름이 돋았다. 엄마의 두 눈에 어젯밤 누군가를 죽인 불만큼 뜨거운 마음이 타올랐다. 엄마는 사망한 복생자의 이름이 무엇인지, 어떤 아이였는지 아무것도 묻지 않았다.

"안녕하세요. 어머니, 반갑습니다."

경비 아저씨가 엄마를 발견하고 악수를 청했다. 그들끼리는 초면이었다. 나는 엄마에게서 떨어지기 위해 슬그머니 뒤로 물러났다.

"아파트 관리하시는 분이군요. 어째서 화재 소식이 끊이질 않는 건가요?"

"저도 그게 의문입니다. 아마도 외부인이 라이터로 불을 지른 것 같습니다."

"라이터라고 하면……."

"분명 계급인이 판매한 물건일 테지요."

라이터. 계급인.

초원을 처음 만난 날 분명 내게 물었다. 혹시 라이터를 구매하려는 거냐고. 초원이 범인에게 라이터를 팔았을까? 아니면 흙으로 돌아갈 거라고 말한 수연이 스스로 목숨을 끊은 걸까? 고행에서 벗어나기 위해 말이다. 하지만 왠지 아닐 거란 생각이 들었다. 수연의 얼굴에는 희망이나 행복이 한 점도 없었지만 분명 스스로를 '용감'한 사람이라고 했다. 그 용 감함이 이런 식의 행동을 말할 리는 없었다.

답이 없는 의문들은 머릿속에서 생명을 얻고 몸집을 키웠다. 엄마는 멍한 나의 어깨를 잡고서 경직된 얼굴로 말했다.

"어젯밤에 희생된 게 네가 아니라 정말 다행이야."

"나는 어젯밤에 집에 없었으니까."

"밤에 집에 없었다고? 그럼 어디에 있었는데?"

"산책했어. 우연히 알게 된 밤의 채집자랑 같이."

나의 생존에 안도하던 엄마의 얼굴이 짓밟힌 꽃처럼 단숨에 구겨졌다.

"밤의 채집자?"

"아무래도 밤이었으니까 같이 대화할 사람은 채집자뿐이지."

"너 계급인이랑 어울린 거니?"

"어울렸다기보다는……."

"주인연. 차기 이사야 고행이 시작되지 않았어? 부정 타게 계급인이랑 어울렸다니. 제정신이야? 넌 복생자가 아니었을 때도 그런 아이들과 어울리지 않았어. 계급인은 더럽고 위험한 놈들이야. 네 이웃이 불에 타 죽은 걸 보면 모르겠어?"

엄마의 눈이 사백안으로 바뀌었다. 지난밤에 본 불길처럼 맹렬히 타오르며 나를 집어삼키려 했다. 경비 아저씨가 주의를 주겠다며, 아직 잘 몰라 그런 거니 진정하라며 엄마를 말렸다. 엄마의 화난 얼굴은 언제나 나를 플라스틱으로 만든다. 영혼을 앗아가버리고 만다.

"따라와."

"잘못했……."

"네가 왜 계급인과 어울려선 안 되는지 가르쳐줄게."

엄마가 나의 팔뚝을 부여잡고 억지로 끌었다. 차마 도와달란 말은 하지 못했으나 구원을 바라는 눈으로 경비 아저씨를 쳐다보았다. 묵언의 호소에 반응해줄 정도로 그는 적극적이질 못했다. 군모를 폭 눌러쓰고 안타까워할 뿐이었다. 물론 경비 아저씨가 말린다고 한들 엄마라면 듣지 않을 게 뻔했다. 복생자의 부모이니 엄마 역시도 경비 아저씨의 말 정도는 무시할 자격이 있었다.

무엇이 급한지 엄마는 나를 재빨리 차에 태웠다.

"잘못했어. 근데 내가 만난 채집자는 나쁜 아이가 아니야."

"시끄러워. 안전벨트 해."

알고 있다. 내 이야기를 들어주는 사람이 아니라는 걸.

심부름을 잘해낸 날, 선물을 받지 않아도 떼쓰지 않은 생일, 이웃 어른들에게 먼저 인사를 한 날. 그 어떤 순간에도 엄

마는 섣불리 칭찬하지 않았다. 복생자는 신성한 사람이라고
했으면서, 정작 그 신성한 사람을 옆에 앉혀두고도 엄마는
여전히 과거의 방식으로만 나를 대했다. 뭐야. 그럼 하나도
바뀐 게 없잖아.

차가 성당을 지나칠 때 이른 시간부터 이사야를 찬양하는
인파가 보였다. 두 손으로 핸들을 요리조리 꺾으며 운전하는
동안 엄마는 혼잣말로 찬송가를 읊었다. 솟구친 눈매에선 금
방이라도 레이저가 나올 것만 같은데, 입에서는 거룩한 문장
들이 나오는 게 괴이했다. 나는 괜히 허벅지의 치맛자락만
움켜쥐었다. 사람들의 함성이 커질수록 엄마의 찬송도 더욱
커졌다. 더 이상 혼잣말 수준이 아니게 되었을 때 확신했다.
엄마는 화를 내고 있었다. 그렇다면 이 노랫말은 신앙이 아
니었다.

천국은커녕 지옥의 악마들도 부르짖지 않을 노랫말이 끝
난 건 차가 한참을 달린 후였다. 엄마는 그제야 얼굴 근육의
힘을 풀었다.

"앞으로는 치마 말고 셔츠에 면바지 입어."

"난 이 옷이 좋아."

"그 치마는 구김이 쉽게 생겨서 지저분해 보여."

"내가 입고 싶은 거 입을래."

“안 된다고 했어.”

엄마가 내리는 지시라면 하루도 말랑해지는 날이 없었다. 그 엄격한 훈계는 언제나 처음 만난 문제처럼 어렵기만 했다. 유일한 익숙함이라고는, ‘당신은 절대 나를 이해하지 않는 사람’이라는 평가 정도다. 사랑해서 잔소리를 한다는 엄마의 변명을 믿기 어려웠다. 나를 대하는 눈빛과 목소리는, 가게의 생선을 훔쳐 달아나는 고양이를 노려볼 때와 비슷했으니까.

우리 사이에는 어떠한 공백이 존재했다. 나는 엄마에 대해 모든 걸 다 알고 싶으면서 동시에 전부 모르고 싶었다. 그녀가 나를 이해하지 않는 만큼 나도 그녀를 이해하고 싶지 않았고, 반대로, 그럼에도 엄마가 내게 왜 이렇게 굴어야만 하는지를 진심으로 이해하고 싶었다.

상반되는 마음을 숨긴 채 차창 유리 너머로 손을 내밀었다. 팔뚝 위로 스치는 바람이 상쾌했다.

“팔 뻗지 마!”

자유를 만끽한 시간 7초. 이 정도면 꽤 긴 편이었다.

이윽고 30분을 더 달려 낮 들판에 도착했다. 계급인 중에서도 낮에 활동하는 ‘낮 농부’들이 영원한 노동을 하는 장소였다. 무수한 농부들이 열과 행을 이루어 노르스름한 풀들을 수확했다.

"인연아. 봐. 저들은 이 도시의 낮을 만드는 노동자들이야."

앞 유리와 옆 유리를 가득 채운 들판. 저곳에서 수확한 풀을 쥐어짜면 빛이 나온다. 도시인은 그 빛으로 해와 햇살, 보송한 구름을 만들어 하루의 반절을 채운다. 농부의 수확량이 많을수록 우리는 더 많은 낮을 누린다. 하늘에 떠다니는 구름은, 지금도 하늘이 지렛대로 돌아가고 있음을 의미한다. 구체를 이루는 하늘은 매일 일정한 속도로 뱅글뱅글 돌아가는데, 낮의 영역이 다 끝나면 밤의 영역이 시작된다.

우리는 차에서 내렸다. 엄마가 두 팔을 벌리고 크게 숨을 들이마셨다. 떨떠름했지만 그녀를 따라 팔을 가로로 뻗었다. 황금색 광야를 온몸으로 감쌀 수 있을 거라 믿는 철부지처럼 좀 더 넓게 펼쳤다. 농부와 식물이 품 안으로 들어왔다. 들이마시는 숨에서 그들의 짭조름한 땀과 마른 풀 냄새가 났다. 시골만의 정겨운 감각이었다.

"시간의 경계를 만드는 건 무한한 노동이야. 그러니 저 농부들은 저주받은 신분이지. 계급인 위치에서 벗어나겠다는 욕망 하나로 평생 돈을 벌고 있어. 하지만 정부는 매년 신분 이동의 비용을 상승시킨단다. 저들이 올해 100프랑을 벌면 내년부터는 200프랑을 지불해야 계급인에서 탈출할 수 있어. 내년에 저들이 200프랑을 벌면 그 이듬해는 300프랑이 되겠지. 이사야에게 아무리 빌어도 현실은 바뀌지 않아.”

등에 풀을 짊어진 농부가 우리 곁을 지나쳤다. 핼쑥한 얼굴 가득히 땀줄기가 흘렀다. 당장에라도 쉬고 싶다 절규할 듯 온몸이 고단함에 절어 있었다. 매일 노동하는 이들도 노동의 괴로움에는 익숙해지지 못했다. 끝내 그는 힘없이 쓰러졌다. 짊어졌던 풀이 뜨겁게 달궈진 흙길 위에 와르르 쏟아졌다. 그걸 본 다른 농부가 서둘러 풀을 집어 들고는 자기 바구니에 담아 갔다.

“신분이 낮은 자들은 평생 희망 고문을 당한단다.”

“우리는 노동자들에게 고마워해야 하는 거 아니었어?”

“인연아. 너는 네 입에 들어갈 쌀을 만든 벼에게 고마움을 느낀 적이 있니? 고마움이라는 건 늘 너보다 나은 존재에게 바치는 감정이야.”

“하지만 신이사야 경전은 노동을 거룩하다고 하잖아.”

“경전이라도 있어야 노동자들이 희망을 얻으니까! 신은 사람들의 생산력 따위엔 관심이 없어. 더 높은 차원을 관리하시지. 노동 같은 건 문명이나 도시처럼 생명이 없는 것들을 발전시킬 때나 필요해. 노동하는 자들은 한순간도 거룩했던 적이 없단다!”

엄마는 단호했다. 익히 알던 말투보다 더.

"너는 계급인이 아닌 도시인으로 태어났어. 심지어 차기 이사야 후보에까지 올랐어. 엄마는 너를 위해 아주 많은 걸 포기했어. 너는 저런 농부들이 아니라 내게 고마워해야 해."

쓰러진 농부가 후들거리는 팔을 뻗으며 풀을 돌려달라 외쳤다. 누구도 도와주지 않았다. 나는 엄마에게 저 사람을 도와줘야 한다고, 지금 나쁜 감상을 늘어놓을 때가 아니라는 눈짓을 보냈지만, 그녀는 읽지 않았다. 읽었음에도 무시했다.

또 다른 농부 하나가 쓰러진 농부의 바구니에 남은 풀까지 긁어 도주했다. 수확물을 몽땅 갈취당한 농부는 무릎을 꿇은 채로 몸을 떨며 울었다. 그의 혼잣말이 환청처럼 귓가에 닿았다.

"수확량을 못 맞추면 평생 이렇게 살아야만 해……."

엄마는 절망하는 농부를 보고도 흔들림이 없었다.

"그러니까 너는 나를 위해 하나는 반드시 해줘야만 해."

"엄마……."

"차기 이사야가 되렴. 너를 위해 희생한 삶이 헛되지 않았음을 증명해."

여기서 내가 해야 할 일은, 고개를 끄덕이는 것뿐이었다. 그 일만이 기대에 부응하는 유일한 방법이었다. 그리고 나는 그 지점을 알고 있음에도 따르고 싶지 않았다.

"나 어제 고행이란 걸 겪었거든? 그게 뭔지 알기나 해? 그냥 이제라도 학교 다닐래. 공부 열심히 할게. 부탁이야……."

"특권을 누리고 있으면서 약한 소리 하지 마."

엄마는 원치 않는 수학 공식을 억지로 설명하는 선생님처럼 차기 이사야가 되는 조건에 대해 줄줄 읊었다. 미천한 자들과 접촉하여 숭고함이 훼손되면 안 되니 언제나 몸가짐에 주의하라는 말이 반복됐다. 신을 말하지만, 엄마는 악마에 씐 사람으로 자꾸만 변했다.

"차기 이사야의 조건을 바꾸려는 불온한 세력이 있어. 지금이 네가 신이 될 마지막 기회일지도 몰라."

"내가 원하지 않는다니까?"

"대체 왜 거부하는 건데."

"아파트에 혼자 사는 일이 외롭고 괴로워."

"외로워? 네가?"

"응. 외롭고 괴로워."

엄마의 정수리 위로 둥그렇게 뜬 하늘이 보였다. 샛노란 빛이 온 세상을 거짓 없이 밝혔다. 하늘의 외곽에는 접착력을 잃어 오래된 벽지처럼 추락하는 빛들이 있었다. 꼬리를 길게 늘어뜨린 채 떨어지는 낮 조각이 불안한 곡선을 이루었다.

“넌 나한테 외롭다고 말할 자격이 없어.”

엄마는 단호했다. 서운한 티를 내봤자 돌아오는 이해가 없었다. 왜 몰라주는 걸까. 아니야, 몰라줘도 괜찮다고 치자. 이렇게 몰아세우지만 말았으면 했다. 나는 엄마에게 마음을 표현하려고 애를 쓰는데, 엄마는 늘 나를 해독하려 했다. 어쩌면 나를 무시하는 게 아니라 내게서 달아나려고 최선을 다하는 중일지도 몰랐다. 내가 엄마를 생각하는 마음과 엄마가 나를 생각하는 마음이 달랐다.

“주인연. 넌 적어도 나처럼 널 위해 희생하려는 엄마가 있잖아. 내가 어렸을 때는 곁에 아무도 없었어. 나는 가족을 잃고, 네 아빠에게도 버림받고 오로지 혼자서 널 키웠어. 이런 나조차도 외롭다고 말하지 않는데 네가 지금 나에게 외로움을 말하는 건 기만이야. 넌 조금도 엄마를 생각하지 않는구나.”

“그만해. 나 숨 막히고 힘들어……”

“외롭다는 게 뭔지 너는 몰라. 적어도 너란 애는 절대로 몰라.”

불안한 대화 속, 엄마는 혼신을 담아 혼삿말했다. 치켜뜬 두 눈만이 엄마가 가진 가장 정직한 것이었다.

“그러니 나는 너를 신세기의 신으로 만들 거야.”

정말이지, 도망치고만 싶었다.

초등학교 고학년 이후로는 함께 목욕한 적이 없었다. 다 자란 나의 몸을 보이는 일도, 엄마의 몸이 다 자란 성인의 것임을 아는 일도 어색했다. 어색함이라는 감정은 알맞은 시기에 해소하지 못하면 싫음으로 쉬이 변했다.

탕에 들어가지 않고 샤워기 앞에 앉아 계속 몸을 씻는 척했다. 비누 거품으로 전신을 감싸니 마음이 좀 편했다.

"빨리 헹궈."

엄마는 그런 나의 노력이 무색하게 예고도 없이 뜨거운 물을 끼얹었다. 꼭 용암처럼 느껴졌다. 깜짝 놀란 내가 외마디 비명을 지르니 엄마가 팔뚝을 찰싹 쳤다.

“엄살은.”

“엄살 아니야. 뜨거워.”

“다 컸는데 뜨거운 물이 시원한 줄도 알아야지.”

“이게 어떻게 시원해.”

“난 너만 할 때 철이 들어서 어른이랑 목욕하면 먼저 등 밀어드릴까요? 묻기도 했어. 넌 언제 철들래?”

엄마가 때 타월을 내밀었다. 자기 등을 자발적으로 밀어보라 강요했다. 강건한 말투에 기가 죽었지만 하루이틀은 아니었다. 나는 엄마의 부탁을 수용하지 않았다. 결국 엄마가 못 이긴 척 내 어깨를 잡고 뒤에 바싹 붙어 앉아 먼저 등을 밀어주었다.

“더러운 걸 박박 씻어내야 해.”

“아침에 샤워했어.”

“계급인 만났다며.”

초등학교 저학년일 때보다 내 몸은 더 단단하게 자랐을 텐데 엄마의 손이 옛날보다 더 맵게 느껴졌다. 돼지 껍질 씻듯이 나를 박박 씻겨내는 엄마의 손에는 정성이 아닌 원망이 가득했다. 피부만큼 마음이 따가웠다. 초원이 더럽다는 말도, 초원과 만난 나를 더러워하는 것도 모두 불편했다. 괜히 샤워기를 틀어 세수를 하는 척 얼굴에 물을 부었다. 눈물은 씻을 수 있어도 콧물은 씻을 수 없었다. 나의 훌쩍임을 들은 엄마는 손에 들어간 힘을 서서히 풀었다.

"너는 모르겠지만 내가 너를 사랑해서 이래."

사람들이 틀어놓은 수도는 물줄기를 경쾌하게 뽑아냈다. 대자연 속에 있는 듯이 큰 물소리가 사방에 가득했다. 탕에 선 두꺼운 김이 피어올랐다. 샤워용품과 섞인 청정한 물 냄새가 코안을 관통했다. 나는 오직 엄마만 들을 수 있는 작은 목소리로 말했다.

"엄마. 그럼 내 뜻대로 해주면 안 돼?"

등을 밀던 엄마의 손이 멈추었다. 뒤에서 나를 안아주는 걸까, 기대감이 들었다. 그 순간 등에 차가운 물이 끼얹혔다.

"계급인이 꼬드겼지?"

"아니야. 엄마, 차가워."

"이상한 아이를 만나고 다니니까 이상한 말을 듣고, 이상한 생각을 하는 거야!"

"아니라니까."

엄마가 손끝으로 나의 등 여기저기를 쿡쿡 찔렀다.

"깨끗해지려면 한참 멀었어. 더 불려서 박박 밀어내야 돼."

나는 엄마의 손에 이끌려 억지로 뜨거운 탕 안으로 몸을 집어넣어야 했다. 목을 내밀고 있어도 잠수를 하는 듯 숨이 콱 막혔다.

✦

초원을 그날 밤에 바로 만났다. 왜냐? 엄마가 만나지 말라고 했으니까. 초원이 계급인인 건 나 역시도 마음에 들지 않았지만, 엄마가 내 세상을 벼랑으로 몰아넣었던 사실을 알았으니 이제부터라도 강요받은 모습의 반대로 행동할 생각이었다. 소심한 복수다.

"초원아. 손잡을래?"

"갑자기?"

"연애하자며."

"결심이 선 거야?"

"응. 손잡자. 포옹도 하고, 더한 것도 하자. 할 줄 알어?"

하얀 가로등 불빛보다 더 말갛게 핀 초원을 보면서도 계속해서 엄마가 준 어둑함만 곱씹었다. 내가 신앙국 사람들에게 당한 고행을 엄마는 겪지 못했다. 원치 않게 신이 되어야만 한다는 황당함도 엄마는 알지 못했다. 이 아이를 멋대로 끌어안으면 엄마도 괴롭게 만들 수 있다.

엄마에게도 고통을 줄 테다.

"인연아, 이럴 필요는 없어. 우린 그냥 연애하는 척만 하면 돼. 내가 왜 너에게 서로 좋아하는 척을 하자고 했는지 이유를 아직 납득하지 못했어?"

"내 신성함이 훼손되어 차기 이사야 자격에서 박탈당하는 걸 도우려는 거잖아."

"정확해. 그러니까 그 이상의 것들은 하지 않아도 돼."

"내가 원해서 그래."

이건 나를 위한 행동이 아닐지도 모른다. 하지만 지금은 이렇게 하지 않으면 마음이 답답해 엄마를 평생 증오할지도 몰랐다.

초원의 어깨를 잡아 내 쪽으로 끌어당겼다. 키 차이가 나 눈높이가 맞지 않는 우리였지만 까치발을 하면 입술이 금방 닿을 거리였다. 엄마가 알면 질겁을 하고 바닥에 주저앉겠지. 다른 어른들이 본다면 차기 이사야는커녕 당돌하고 못된 아이라 손가락질을 할 테고. 그러니 이렇게 해서 훗날 내 마음이 편해질 수만 있다면…….

"이러지 마."

초원이 화들짝 놀라며 나를 밀쳐냈다. 어찌나 세게 밀었던지 나의 허리가 크게 휘청이며 뒤로 꺾였다.

"연애하자며?"

"너 이상해. 무슨 일이 있었어?"

"어른들이 하는 연애가 이런 거잖아. 하자니까?"

"화재 사건 때문에 놀라서 그래?"

온몸에 힘을 주고 초원에게 다시 다가갔다. 어깨를 잡고 내 뜻대로 행동하려 했지만, 초원은 응해주지 않았다. 다만 그런 나를 조용히 안았다.

"인연아. 산다는 건 누구에게나 힘들대. 무슨 일이 있었는지 모르겠지만, 있는 그대로 편하게 행동했으면 좋겠어."

초원은 나의 등을 두드리고 또 쓸어내렸다. 자신에게 이상한 짓을 하려 했던 나를 말없이 용서해주는 이 아이의 친절이 낯설었다. 누구에게도 이런 대접을 받은 적이 없었다. 초원의 토닥임을 받는 동안 엄마를 향한 복수심이 조금씩 사라지는 걸 느꼈다. 마음이 말랑해지는 기분이었다. 무심히 끝난 응원 덕에 초원은 내 마음을 아주 조금은 흔드는 힘센 디인이 됐다.

나쁘든 좋든 여기에 살아 숨 쉬는 주인연으로 받아들여지는 경험이었다. 그것은 나를 한없이 약한 아이로 만들었다. 설움이 차올라 초원의 어깻죽지에 얼굴을 파묻고 바보처럼 신음했다. 오늘 내게 무슨 일이 있었는지, 왜 지금 울고 있는지 무엇도 설명하지 못했다. 진실로 내가 바보라서, 그런 일들 하나 스스로 극복하지 못하는 멍청이라서가 아니었다. 초원은 커다란 손으로 나를 계속 다독였다.

"괜찮아."

"고마워……."

한참이나 울분을 토해낸 후에야 부끄러움이 느껴져 고개를 들었다. 초원의 어깻죽지가 푹 젖어 있었다. 초원이 장난기 서린 얼굴로, 계급인에게 안겨 우는 도시인은 내가 처음일 거라 놀렸다. 나는 무안함을 감추고 싶어 가로등 불빛이 아예 없는 곳으로 달아났다. 초원이 섣부르지 않은 걸음걸이로 따라왔다.

"얼른 사람들에게 나랑 연애한다고 말해. 그럼 더 이상 너를 차기 이사야 후보라고 생각하지 못해."

뒤를 돌아봤을 때 초원은 처음 보는 미소로 웃고 있었다.

"넌 나 때문에 더럽혀진 거야."

그 해맑음에는 헤아릴 수 없는 깊이가 있었다.

"대체 내가 너에게 어떤 존재이길래 이렇게까지 해?"

"몰라도 돼. 몰랐으면 해."

우리는 어두컴컴한 벤치를 찾았다. 손바닥 하나 정도가 들어갈 만큼만 거리를 띄워 앉았다. 풀벌레 소리가 간헐적으로 들려오는 밤. 평화는 모든 걸 다 감춘 후에야 찾아왔다.

"아파트에서 빨리 나오는 게 좋아. 너도 불에 타 죽을지 모르니까."

"엄마가 그랬어. 복생자들에게 라이터를 파는 계급인이 있다고. 혹시 네가 아는 건 없어?"

"계급인이 라이터를 판매한다는 건 사실이야. 하지만 누가 샀는지가 더 중요하지 않아? 그건 나도 몰라. 암거래 장부를 살펴보면 알 수 있을지도 모르니 찾아볼게."

"혹시 말이야. 계급인이 불을 지른 거 아니야?"

별다른 악의 없이 한 말이었다. 그 추측이 무례라는 건, 서운한 티를 내지도 못하는 초원의 처연한 얼굴을 보고서야 깨달았다. 계급인들을 나쁘게 매도하려는 의도가 없었다는 변명으로 분위기를 무마했다. 하지만 초원은 계급인이고 나는 도시인이니, 초원의 입장에서는 위선적으로 들릴 게 뻔했다. 나 또한 무의식중에 엄마처럼 계급인을 무시하고 있던 셈이다. 정작 계급인인 초원은 나를 돕기 위해 곁에 있는데.

타인에게 섬세하지 못한 내가 싫었다.

"저기……. 주머니에 초콜릿 있는데 먹을래?"

"아니."

"음……. 다음에 만날 때 간식이라도 사 들고 올까? 뭐 먹고 싶은 거 있어?"

"괜찮아."

나는 초원의 마음을 달래기 위해 팔자에도 없는 재롱을 부려댔다. 어설픈 목소리 때문에 조마조마함은 들키고 말았다.

"인연아, 미안하면 그냥 미안하다고 말해주면 돼."

있는 그대로를 표현하는 일은 왜 이렇게 어려운 걸까. 그중에서도 미안하다는 말이 가장 어려웠다. 불 위에 앉은 사람처럼 온몸을 배배 꼬면서 나는 겨우 사과했다. 진심으로 미안해하고 있음에도, 내가 하는 짓을 보면 전혀 미안하지 않은 사람처럼 보였다.

섬세하지 못한 주제에 솔직하지도 못한 내가 두 배로 싫어졌다.

"노력해줘서 고마워."

초원은 그런 나의 머리를 부드럽게 헝클였다. 내가 겪는 어려움을 모르는 체하지 않는 이 아이의 상냥함이 나 또한 고마웠다.

"도시인이 계급인을 싫어하는 건 하루이틀이 아니니까 나는 널 이해해. 그런데 밤의 채집자를 유독 싫어하는 계기가 된 일이 뭔지 알아?"

"특별한 사건이 있었어?"

"16년 전에 밤의 채집자가 도시인을 죽인 적이 있대."

초원은 벤치에 앉아 너무 무겁지도, 가볍지도 않은 표정으로 옛날이야기를 들려주었다. 나는 그 어깨에 기댄 채 하얀 아이의 목소리를 원 없이 들었다.

16년 전. 차기 이사야로 추앙받던 복생자가 있었다.

한 19세 여자가 험난한 고행을 잘 참아내어 영혼의 고통까지 초탈하는 단계에 진입했다. 사람들은 드디어 차기 이사야가 생긴다며 기대했고, 그녀 또한 신이 되는 일을 손꼽아 기다렸다. 뺑소니 사건으로 가족과 함께 사망한 후 홀로 복생자가 되었던 터라 가족에게 축하받지는 못했지만, 그녀는 하루하루를 신실한 신앙심으로 견뎌냈다.

살아생전 그녀의 부모는 신앙심이 매우 깊은 사람들이었다. 어린 그녀에게 항상 이사야를 존경하라 말해주었다. 그녀는 자신이 차기 이사야가 되면, 죽은 부모가 무척 기뻐할 거라 믿으며 홀로 아파트에서 지냈다.

복생자는 질병과 고통에서 자유롭지만, 주기적으로 건강 상태를 점검받아야 했다. 그녀는 복생자 아파트를 담당하던 어떤 의사를 만났다. 그 의사는 도시에서 다방면으로 인정을 받는 직업인이었는데 복생술에 관심이 많았다. 그런 그는 미성년자만 신이 될 수 있다는 조건을 바꾸기 위해 신앙국에 영향력을 행사할 정도로 매우 유능했다.

그의 주장은 간단했다. 성인도 신이 되게 해달라는 것. 그는 더 많은 사람에게 신이 될 기회가 주어져야 한다고 말했다. 그것을 들었을 때 그녀는, 의사의 말에 동의하지 않더라도 그를 존중해주기 위해 대답 없이 고개를 끄덕였다.

그 호의를 발판 삼아 의사는 그녀를 향한 관심을 표했다.

"차기 이사야가 되면 가장 먼저 무엇을 하고 싶나요?"

"많은 사람을 기쁘게 해주고 싶어요."

"왜 자신이 아닌 타인을 기쁘게 해주고 싶나요?"

"그야…… . 그게 좋은 거니까…… ."

"남을 위해 살아감이 자신을 위한 일은 아닐 텐데요. 늘 자신을 먼저 생각하세요."

그녀 또한 의사가 궁금해졌다. 자신을 위해 살라는 말을 해주는 사람은 처음이었기에. 언제나 죽은 부모님을 위해 차기 이사야가 되고 싶다는 생각만 했을 뿐, 본인이 진정으로 원하는 게 무엇인지 알지 못했다. 의사는 그 질문에 답을 주고 싶다며 자주 아파트를 찾아왔다.

늘 혼자였던 그녀는 어느 순간부터 의사와 함께 산책했고, 밥을 먹었고, 이야기를 나누었다. 제법 즐거운 시간들이었다. 타인이 존재하지 않던 세계가 타인으로 채워지자, 그녀는 비로소 알게 되었다.

외로움이 무엇인지를.

늘 기다리던 의사가 오지 않는 날이면 그녀는 유독 마음이 바싹바싹 말라가는 슬픔을 느꼈다. 고행으로도 지워지지 않는 감정이었다. 늘 혼자서만 하늘을 구경했던 벤치인데도, 의사를 알게 된 후로는 누군가와 함께하는 시간이 얼마나 즐거운지 경험해버려 좀처럼 혼자 남겨지는 일에 적응하지 못했다. 외로움과 쓸쓸함이 하늘에서 추락하는 비가 되어 마음에 쏟아졌다. 그 비는 피할 수가 없었다.

그제야 그녀는 부모를 잃어 슬프고, 아끼는 사람이 생겨 괴롭고, 삶이 서글프다고 생각했다. 하루빨리 신이 되어 많은 사람들에게 둘러싸이는 삶을 살고 싶었다.

어느 날 의사가 그녀에게 말했다.

"제안 하나 할까요? 나를 위해 신이 되지 말아줘요."

의사가 그녀의 손을 잡았다. 호박색으로 반짝이는 특별한 눈이 태양처럼 그녀의 세계 속 높은 곳에 박혔다.

"당장 차기 이사야 후보가 저 말고는 없어요."

"당신 곁에는 이제 내가 아니면 아무도 없어요. 당신은 내 부탁을 들어줘야 해요. 그러지 않으면 버림받을 거예요. 신이 되어봤자 밤에는 늘 혼자래요. 두렵지 않나요? 신이 되지 않으면 영원히 내가 곁에 있어줄 텐데."

"영원히요?"

"네. 영원히. 그러니 나를 선택해요."

신과 눈앞의 사람. 누구를 선택할까. 그것은 무엇이 진정한 구원이 되어줄지 그녀 스스로 결정하는 일이었다.

그날 밤 그녀는 의사를 선택했다. 자발적인 그 선택의 이면에는 그렇게 하지 않으면 혼자가 될지도 모른다는 공포가 존재했다. 그 대가로 차기 이사야 후보 자격을 박탈당해 아파트에서 쫓겨났다.

하지만 그녀가 아파트에서 쫓겨난 후 의사는 어떤 계급인에게 살해당했다. 그리고 여자는 다시 혼사가 되었다. 복생자였다는 과거의 기록만 있을 뿐 아무런 명예도 남지 않았다. 죽은 의사가 남긴 건 뱃속의 딸 하나뿐이었다.

사람은 적응의 동물이라는 말이 싫었다.

신앙국 사람들이 생살을 후벼 파고, 찢고, 잘라내는 일에 적응하기 시작했다. 피가 솟구치는 몸을 보면 여전히 끔찍하다는 생각이 들었지만, 처음만큼 괴롭지는 않았다. 동의를 구하지 않은 일에 저항 의지마저 뺏기는 감정은 무력감을 넘어 굴욕감으로 바뀌었다.

신앙국 사람들은 그런 나의 마음마저도 고행의 일부라 여기며 차근차근 극복해보라 지시했다. 극복이라. 어두운 감정들에 무감해지면 정말로 신이 되는 걸까. 그렇다면 신이 되는 것은 세상에서 최고로 불행해지는 일이다.

세 시간 동안 이어진 고행 끝에 나뿐만 아니라 신앙국 사람들 또한 기진맥진했다. 우리는 찬물을 나눠 마시고 피가 튄 바닥을 깨끗이 청소했다. 도구들을 물티슈로 닦아내는 그들의 이마에 땀이 송골송골 맺혔다.

"제 이웃이 화재로 죽은 거 아시나요?"

"알고 있습니다. 인연 씨만큼은 죽어선 안 되기에 방화 범죄를 어떻게든 막겠습니다."

이상한 말이었다. 죽은 사람의 소식을 들었으면 명복을 빌거나, 슬픈 척이라도 해야 했다. 그들은 날카로운 단도를 윤이 날 때까지 닦기만 했다. 수연이 몫의 측은함은 없었다.

수연은 3년 동안 고행을 받았으나 끝내 순수에 도달하지 못했다. 수도사들은 설명했다. 만약 고행을 잘 극복했다면 죽지 않았을 거라고. 마치 그녀의 죽음이 반항심 탓에 벌어진 일이라는 양. 그들은 손에 쥔 도구를 대할 때만큼이나 수연의 이름을 무심하게 소비했다.

"도시에선 연쇄살인이 일어나고, 아파트에선 연쇄방화가 일어나요. 어디에도 안전한 곳이 없는데 이사야가 자기 일을 제대로 하는 게 맞긴 해요?"

이것은 신을 향한 모독이자, 신을 만들고 관리한다는 신앙국 사람들을 향한 근원적인 의문이었다. 수도사들은 불쾌한 기색을 감추지 않았다.

"이사야의 능력을 의심해서는 안 됩니다. 지금의 이사야가 약해진 건 사실이지만, 우리가 이토록 노력하고 있지 않습니까? 사람들에게는 검은 마음이 있습니다. 그래서 자꾸만 나쁜 일들이 생기지요. 당신이 신이 되어 끓어넘치는 생명력으로 그들을 정화해야 합니다. 의심이 아닌 믿음이 필요합니다."

수도사들은 믿음이 부족한 내가 걱정된다며 수연이처럼 되지 말아달라 호소했다. 그들의 말을 듣는 내내 화가 치밀어 올랐지만, 지금으로서는 어떤 저항도 하지 못했다.

피가 묻은 옷을 세탁기에 넣은 다음 편한 옷으로 갈아입었을 때쯤에 그들은 도구 정리를 끝냈다. 부족한 신앙심을 보완하라며 차기 이사야 경전을 건네줬는데, 무려 최신 개정판이었다. 경전의 말들이 마음의 얼룩을 지워준다며 감격에 겨워하는 두 수도사의 얼굴이 세상 최고로 역겨웠다.

"절대 오염되어선 안 됩니다. 그러면 아파트에서 쫓겨나고, 노화를 중단시키는 약물도 주입받지 못합니다."

"오염이라는 게 정확히 뭘 말하는 건데요?"

"경전에 나와 있습니다."

"예전에 아파트에서 오염이 됐다는 이유로 쫓겨난 후보가 있다고 들었는데……. 그 사람은 어떻게 살고 있나요?"

그들의 시선이 동시에 나에게 꽂혔다. 묻지 말아야 할 것을 물어버리는 실수를 저지른 듯했다.

"비참하게 살고 있지요."

"신분만 달라졌을 뿐일 텐데 그 삶이 어째서 비참한가요?"

"사람들은 누구나 특별해지고 싶어 합니다. 죽고 다시 태어난다는, 세상에 몇 안 되는 축복인 복생술을 받았음에도 불구하고 이전과 똑같은 삶을 사는 신세에서 행복을 느낄 수 있을까요? 인연 씨는 도시의 주인공으로 추앙받다가 한순간에 엑스트라로 돌아가는 삶에 만족할 수 있습니까?"

"애초에 나는 추앙을 원한 적이 없는……."

"그리고 말이죠. 쫓겨난 복생자의 불행이라면 당신이 누구보다 잘 알지 않습니까?"

대화는 금방 끝나버렸다. 수도사들은 도구와 가방을 챙기고, 후드를 뒤집어써 머리칼을 꼼꼼히 가렸다.

마치 내가 과거의 복생자를 안다는 뉘앙스였다. 어른들은 언제나 말과 말 사이에 빈칸을 남겼다. 대체 순수가 뭐길래 복생사들에게 이토록 집착하는지. 홧김에 이사아 경전을 책상에 집어 던졌다. 그 충격으로 경전이 스스로 열렸다. 펼쳐진 페이지에는 차기 이사야의 조건이 나열되어 있었다.

'미성년일 것, 결혼하지 않을 것, 자녀를 낳지 않을 것, 이전

이사야를 본 적이 없을 것, 어떠한 이념에도 물들지 않을 것, 계급인이 아닐 것, 특정인을 사랑하지 않을 것. 그리하여 영원히 무지할 것.'

조건들은 황당했다. 거꾸로 해석하자면, 성인이 되어 결혼하고 아이 낳고 타인과 유대하며 특정한 사람을 사랑하면 순수하지 못하게 된다는 말이었다. 봐도봐도 이 도시의 신은 이상했다. 이건 순수가 아니라 일종의…….

나는 떠나려는 수도사의 손목을 낚아챘다. 그들이 깜짝 놀라며 나를 바라보았다.

"저 연애해요. 그것도 계급인이랑!"

"예?"

"더러운 계급인이랑 밤마다 만나요. 빨리 자격 박탈해주세요!"

"누군가를 사랑하게 된 건가요?"

"네. 너무 사랑해요. 그래서 밤마다 야한 생각도 해요. 그 애는 세상에서 제일 미천한 밤의 채집자예요. 어때요? 저 같은 사람은 신이 될 자격이 없어요!"

수도사가 부드러운 손길로 자기 손목을 빼내더니 허리를 숙였다. 후드 그림자에 가려진 눈빛이 탁했다.

"차기 이사야가 되는 일이 힘들겠지만, 굳이 거짓말로 달아날 생각은 하지 말아줘요. 이것은 당신의 운명입니다.”

“거짓말이라뇨? 내가 그 애를 사랑한다니까요?”

곁에 선 다른 수도사가 넓은 소매 안으로 가느다란 손목까지 모두 숨겼다. 처음 만났을 때처럼 음험한 모습이었다.

“진실로 사랑한다면 상대를 그런 식으로 설명하지 않겠지요.”

기껏 초원과 연애를 한다는, 내 세계에 두 번 다시 없을 충격적인 말까지 꾸며냈는데 수도사들에게는 씨알도 먹히지 않았다. 어떻게 알았지……. 내가 그 애, 진심으로 좋아하지는 않는다는 거. 사랑한다고 말하는 것만으로는 사랑이 성립되지 않았다.

수도사들은 영양가 없는 소리를 들었다는 듯이 고개를 좌우로 저었다. 신발을 챙겨 신고 현관 앞에서 문고리를 잡을 때까지 나는 상황을 바꿀 만한 더 좋은 거짓말을 떠올리지 못했다.

“인연 씨, 앞으로는 잘해주세요. **믿을게요.**”

수도사들은 그대로 퇴장했다.

끝상 화장실 변기로 달려가 아침에 먹은 오트밀 죽을 토해냈다. 참지 못하고 쏟아내는 동안 목이 따끔거리며 걸쭉한 피가 흘렀다.

믿을게요, 믿을게요. 멋대로 나를 괴롭히는 타인의 기대감
에 끝내 나는 굴복했다. 잠시 정신을 잃었다.

강박 증상에서 벗어나고자 신발을 신고 밖으로 향했다. 바깥 공기를 억지로라도 들이마시고, 나에게 기대를 걸지 않을 행인들을 바라보며 마음을 진정시켜야만 비로소 편해졌다.

이왕 나온 김에 정원의 노란색 맨드라미꽃 한 송이를 꺾었다. 성당에 가서 이사야에게 부탁해야겠다. 당신이라도 수연의 명복을 빌어달라고. 그래, 성당의 신을 직접 보면 신도들이 나를 불순한 아이 취급하겠지? 그럼 굳이 초원을 사랑한다는 역시를 부리지 않더라도 차기 이사야의 자격을 박탈당할 거다.

낡은 종소리와 사람들의 함성은 늘 세트였다. 시끌벅적한 구역에 다다르자 일사불란하게 팔을 뻗어대는 사람들이 보였다. 성당을 향해 환호하고, 순서를 기다리는 사람들. 신이 모든 걸 해결하리라고 믿어 의심치 않는 존재들. 나는 학생들을 잔혹하게 죽이고, 복생자들을 불태워 죽인 범인 또한 저들과 다름없는 얼굴을 하고 있을 거란 생각에 소름이 끼쳤다.

누군가 성당의 정문을 열고, 잔뜩 상기된 얼굴로 나왔다. 두 손을 공손하게 모아 탄복하는 여자, 그녀는…….

"아! 이사야가 있어 이 얼마나 눈물 나는 삶인가요!"

엄마였다.

맨드라미를 든 채로 엄마를 불렀지만 거리가 멀어 닿지 않았다. 예전의 나였다면 주저 없이 달려갔을 텐데 발이 떨어지지 않았다.

엄마는 불시에 사탕을 선물 받은 아이처럼 감격에 겨워했다. 두 팔로 자기 몸을 껴안고 자리에서 빙글빙글 돌았다. 주변의 신도들이 이사야의 무량한 은혜를 찬양하며 구호의 소리를 더욱 높였다. 신앙은 아름다운 광기. 이사야가 세상에서 가장 고결한 존재라며 울고불고하며 소리를 질렀다. 엄마의 눈동자에 폭력적인 안광이 가득했다.

행복해 보였다. 아니다, 불행해 보였다.

나를 낳아준 사람을 도저히 이해하지 못하겠다는 마음을

느낀 일만으로도 충분히 오염된 것만 같았다. 맨드라미를 등 뒤로 감추었다. 오늘은 엄마에게 인사하고 싶지 않았다.

뒷걸음질을 치다 누군가와 몸이 부딪혔다.

"혹시 주인연 씨 아니에요?"

낯선 여자가 날 보고 있었다.

여자는 치안국 소속의 신입 형사로, 이름은 남인아였다. 복생자 아파트에서 일어나는 방화 사건을 조사하고, 나를 지키기 위해 파견된 직업인이었다.

"하나는 다행이고 하나는 다행이 아니네요."

"무슨 말이에요?"

"집에 계시지 않아서 걱정했는데 이렇게 마주쳐서 다행이고, 하필 성당 근처에서 마주친 건 다행이 아니라고요."

인아는 차기 이사야 후보가 신을 만나면 자격이 박탈되니 주의하라며 나를 성당 반대 방향으로 밀었다. 이마를 빼곡하게 덮은 뱅 스타일의 앞머리가 유독 눈길을 끌었다. 나는 자꾸만 뒤를 돌아보며 그녀의 얼굴을 확인했다.

얇은 콧대와 턱 모양. 한쪽으로 정갈하게 뻗어나가는 속눈썹. 생기가 도는 뺨. 세련된 얼굴과 걸맞지 않게 인아의 얼굴에는 촐싹거리는 장난기가 있었다.

"정말로 형사 맞아요?"

"이렇게 젊고 팔팔한 형사는 처음 보죠?"

성당에서 아주 멀어진 후에야 인아는 등 뒤가 아닌 곁에서 나란히 걸어주었다. 스물여섯 살이 사회에서 어떤 위치의 나이인지는 모르겠으나, 형사가 아니라 언니라 부르고 싶을 정도로 명랑한 사람이었다.

"그 맨드라미는 뭐예요?"

"죽은 친구를 추모하려고요."

인아는 그제야 나의 태도에 사뭇 진지하게 반응했다. 측은히 꽃을 보고는 추모의 방법을 알려주겠다며 어디론가 향했다.

우리는 복생자 아파트 근처의 자그마한 풀 언덕을 올랐다. 산이라기엔 초라하고, 공원이라기엔 경시진 언덕에는 사람이 적었다. 따뜻한 햇살로 살갗을 굽고 있는 몇몇 노인반이 돗자리 위에 평온히 누워 있었다. 아주 오래전, 엄마와 언덕을 올랐던 일을 추억했다. 그러고 보니 이곳 어딘가에 할머니와 할아버지의 무덤이 있다고 했다.

"여기는 공공재로 관리되는 곳이라 자유롭게 흙을 파고, 무언가를 묻거나 심어도 돼요."

인아가 흙을 손으로 파내었다. 거친 촉감과는 친밀하지 않을 것 같은 얇은 손이 금방 더러워졌다. 손톱에 흙이 끼면 불쾌할 텐데도 그녀는 한낮의 흙은 따듯해서 감촉이 좋다며 궂은일을 마다하지 않았다.

"여기에 맨드라미를 심으세요."

"여기에요?"

"해가 잘 비쳐서 금방 다시 뿌리를 내릴 거예요. 종종 물도 주시고요."

"이게 추모인가요?"

"잊히지 않도록 늘 기억해주세요. 그럼 추모가 돼요."

나는 파낸 구덩이에 맨드라미를 심었다. 인아가 흙을 동그스름하게 덮더니 가방에서 물병을 꺼내 흙을 적셨다.

나는 수연에 대해 잘 몰랐다. 아는 점이라고는 오직 이름과 나이 그리고 복생자라는 신분뿐. 안다고 해서 거리를 좁히지 못하는, 친구라는 단어로 관계를 정의하기도 어려운 흐릿한 사이였다. 그래서 수연을 추모하면서도 혹시 오지랖을 부리는 일이려나 걱정이 됐다. 인아는 나의 불안을 알아차렸다.

"기억해주는 사람이 한 명이라도 있으면 죽어도 죽지 않아요."

그 말의 뜻을 다 알기가 어려워 흙만 바라봤다.

"방화 사건이 다시는 일어나지 않게끔 제가 꼭 범인을 잡을게요."

"연쇄방화범뿐만 아니라 연쇄살인범도 꼭 잡아주세요……."

"네, 그것도 꼭."

끊임없이 또래들이 죽어갔고, 죽은 뒤 다시 살아나도 또 죽는 비극이 벌어졌다. 하지만 신기한 것이, 참혹하다고 생각하면서도 나는 여전히 살아가고 있다. 고작 언덕 위에 꽃 하나 심는 일로 추모하고. 범인을 잡고 싶어 한다지만 적극적으로 노력은 하지 않으며. 가끔은 '뭐, 이렇게 살아 있으면 상관없지 않나?'라는 생각을 하기도 했다. 고행을 겪을 때는 죽을 만큼 괴롭고 힘이 드니 타인을 전부 없애고 싶다 절규하면서도, 막상 고행이 끝나면 평범한 일상에서 오는 인위적 평화에 적응했다.

"형사님. 언제까지 반복되는 걸까요."

"뭐가요?"

"삶이요. 저는 복생자가 된 후에 저를 죽인 범인을 잡고 싶어 했어요. 그런데 막상 할 수 있는 일이 없더라고요. 단서가 있나, 추리력이 있나……. 차기 이사야 후보가 된 일도, 방화 범죄에 당하지 않은 일도 전부 타인의 의지였어요. 내가 할 수 있는 게 대체 뭐가 있나 싶어요."

우리는 함께 언덕을 내려갔다. 인아는 흙길이 미끄러우니 조심하라며 손을 잡아주었다. 기다란 마디마디마다 따뜻한 체온이 느껴졌다. 이런 언니가 있으면 좋겠다, 그런 생각이 들었다.

"인연 씨는 이제 겨우 열여섯이잖아요. 아무것도 해내지 못해도 돼요."

"내년이 되면요? 내후년이 되면요? 점점 더 뭔가를 해내야만 한다는 압박감 속에 살아야 하지 않을까요? 열여섯에 죽은 복생자는 평생 열여섯으로 살아가니까 모든 걸 다 모른 척해도 괜찮나요?"

"인연 씨는 모든 일을 스스로 다 해결하고 싶나요?"

"아니요! 나 해결 못해요. 그냥 남이 해줬으면 해요. 하지만 남이 다 해준 후에 오는 무력함은 느끼기 싫어요."

문득 나는 수많은 사람들을 떠올렸다. 엄마와 초원, 판과 경비 아저씨. 신앙국 수도사들. 내 세상에 나는 혼자뿐인데 타인은 언제나 많았다. 답답한 모든 지점들을 그들이 알아서

해결해주길 바라면서도, 뭔가를 결정하는 마지막 선택권은 빼앗지 않았으면 하는 모순이 충돌했다.

"인연 씨는 차기 이사야가 되고 싶지 않은 거죠? 살인범이든 방화범이든 범인을 잡고 싶다는 생각만 할 뿐, 구체적인 계획도 없을 거고요."

"네."

"그러면 그냥 나에게 맡겨요. 그러려고 내가 왔으니까."

"제가 차기 이사야가 안 되게끔 도와주실 수 있나요?"

"아뇨. 그건 못해요. 하하."

진지한 나의 토로와 달리 인아는 시종일관 어린아이의 칭얼거림을 대하듯 여유로웠다. 가벼운 태도에 화가 나 신발 앞코로 흙을 걷어찼다. 인아는 인상을 쓰지 않았다.

"인연 씨, 당신은 온몸이 열 조각으로 토막 나 죽었어요. 삼류 공포영화에도 안 나올 법한 참혹한 방식이었죠. 그 덕에 복생자가 됐어요. 왜 끔찍한 방법으로 죽은 학생들만 선별하여 복생자로 살려내는지 아시나요?"

"그야 더 불쌍하니까요."

"왜 더 불쌍한가요? 모든 죽음의 무게가 같다면, 죽는 방법이 끔찍하다고 특정 죽음이 더 안쓰러워지는 건 아니잖아요."

"바보예요? 그냥 죽는 거랑 몸이 토막 나 죽는 거랑 어떻게 같아요. 그 고통을 겪어본 적이 있어요? 나는 상상할 수 없을 만큼 아팠을 거예요!"

"그거예요."

인아가 허리를 굽혀 풀 길 위에 떨어진 꽃봉오리를 가리켰다. 나무에 매달린 것들은 이미 만개하여 바람과 함께 꽃잎으로 춤을 추는데, 피지 못한 녀석들만 거리에 주저앉았다. 그녀가 하나를 주워 내 손 위에 올려주었다.

"큰 고통을 겪으면, 그렇지 않은 사람과는 다르다고 판단하는 거예요."

피지 못한 꽃봉오리에서도 향기는 났다.

"인연 씨가 무엇을 할 수 있고, 어디까지 마음을 먹을 수 있는지 지금은 혼란스러울 거예요. 겪어보지 않았으니까요. 하지만 혼란마저도 인연 씨를 다르게 만들어줘요. 지금은 많이 헷갈리고, 괴로워해도 돼요. 힘들어하면 할수록 더 많이 달라져요. 이 과정이야말로 인연 씨를 무능이 아닌 유능한 존재로 만들어요. 복생자가 아닌 한 인간으로서요. 그렇게 자라다 보면 본인이 원하는 게 무엇인지도 알아져요."

실바람이 불어오니 손 위의 꽃봉오리가 가볍게 몸을 흔들다 낙하했다. 다시 처음처럼 땅 위에 놓였다. 나쁜 말로는 쓰레기였다. 썩고 나면 못난 얼룩이 되겠지. 풀밭에서 개미들이 나와 꽃봉오리에 달라붙었다. 그들은 다리와 입을 열심히 움직여 피지 못한 식물의 일부를 조금씩 떨어 먹었다.

꽃이 되지 못했어도 양분은 될 수 있었다.

세상은 복잡했다. 어떤 것은 엉켜버린 실타래 정도가 아니라 처음부터 덩어리여서 시작과 끝을 구분할 수 없었다. 나는 그 속에서 내가 아닌 타인과 살아가려 노력했다. 그럼에도 매일 감당하기에 벅찬 일들만 생겼다. 여전히 왜 내가 열 토막의 사체라는, 끔찍한 죽임을 당해야 했는지 납득할 수 없었다. 그렇다고 당장 모든 위험을 감수하며 범인을 색출할 열정이 있지도 않았다.

"너무 많은 것들이 생각날 때는 그냥 아무것도 생각하지 말아요."

인아의 말에 따라 나는 머리를 비웠다. 아무것도 생각하지 않으니 어떤 슬픔도 떠오르지 않았다.

아파트로 돌아가는 동안 인아는 보호자처럼 나를 인솔했다. 내친김에 오늘 고행이 없다면 퇴근 때까지 함께 시간을 보내줄 수도 있다고 말했다. 우리는 아파트 정문의 꽃 아치가 보일 때까지 계속 대화를 나누었다.

"말이 나온 김에 내 추리를 말해줄까요? 연쇄살인 사건이요. 전부 그 방법이 끔찍했다는 거 아시죠? 저는 이렇게 생각해요. 범인의 목적은 사실 살인이 아니에요. 진짜 목적은 새로운 복생자를 탄생시키는 일이죠."

"누군가 복생자를 고의로 만들고 있다는 건가요?"

"더 나아가자면, 연쇄살인범과 방화범이 같은 인물이라고도 생각하는 중이에요. 물론 아닐 수도 있지만요."

"더 많은 복생자를 죽이기 위해서 고의로 탄생시키고, 불을 질러 죽인다?"

"네. 왜냐하면 복생자 탄생과 방화가 늘 비슷한 시기에 일어나거든요."

누군가 '복생자'라는 존재 자체에 원한을 갖고 있으며, 그들만 골라서 죽이고자 계속 양산한다는 시나리오였다.

그렇다면 의문이 생긴다. 왜 복생자에게 원한을 품는단 말인가. 복생자가 되고 싶었으나 되지 못한 사람일까? 하지만 외부인이 복생자 아파트에 침입해 불을 지르는 건 어렵다. 경비 아저씨가 상주하기 때문이다.

"혹시 인연 씨가 아는 정보가 있나요?"

나는 한 손으로 턱을 매만지며 골몰했다. 인아는 모르고, 나만 알 만한 정보가…….

"화기를 구매하는 사람이 있대요. 그 사람이 누구인지 계급인 친구가 알아 오기로 했어요."

“계급인 친구가 있다고요?”

아차. 실수했다. 또 잔소리를 듣겠구먼. 나는 뱉은 말을 회수하려는 바보처럼 입을 서둘러 틀어막았다. 하지만 인아가 나의 말을 들었다는 사실은 변하지 않았다.

“인연 씨, 그렇게 안 봤는데…….”

이 사람도 엄마처럼 매몰찬 말을 하려나.

“좋은 사람이네요!”

인아의 새까만 머리칼이 가볍게 팔랑거렸다.

“요즘 학생들은 전부 계급인을 싫어하도록 교육받잖아요. 인연 씨처럼 여전히 계급인을 좋아하는 사람이 있어 기뻐요.”

“형사님이 왜 기쁘세요?”

“사실 전 계급인 출신이거든요.”

인아의 행색을 다시 살폈다. 각이 잘 잡힌 정장과 먼지 하나 없이 닦인 구두. 깔끔하게 정돈된 손톱. 어디를 봐도 계급인처럼 보이지는 않았다. 인아는 나에게 자신의 출신을 설명했다.

그녀는 낮의 농부에게서 태어난 계급인으로 과거에 이동생이 있었다. 계급인 부모에게는 자식을 돌볼 여유가 없었기 때문에 그녀는 스스로 노동하며 동생을 보살폈다. 요령 부족으로 돈을 벌지 못해 굶는 날이 허다했고, 끝내 동생은 무리

하게 노동을 하다가 어느 날 밤 괴한에게 살해당했다. 그 사건이 바로 연쇄살인 사건의 시작이었다. 즉 그녀는 첫 번째 희생자의 언니였다. 하지만 계급인이라는 이유로 복생은 이뤄지지 않았고 수사도 제대로 진행되지 않았다. 부모는 혼자 남은 인아를 불길하게 취급하며 제대로 양육하지 않았다.

괴담처럼 퍼지는 사건에 한 도시인이 관심을 가셨다. 어린 나이에 자매를 잃은 인아를 측은히 여겨 비록 그녀가 계급인일지라도 입양했다. 인아는 양부모의 도움을 받아 도시인 계급을 구매했다.

"동생이 생전에 추리소설 읽는 걸 정말 좋아했어요. 꿈이 형사라고 했는데…… 동생에게 우리는 평생 못 이룰 꿈이라 했던 말이 참 후회돼요."

"힘드셨겠어요……"

"힘들죠. 괜찮다고 말하긴 아직 일러요."

"그래서 형사가 되신 건가요?"

"네. 홀로 살아남았으니 동생처럼 억울한 죽음들을 달래주려고요. 어쩌면 나는 동생을 위해 사는 건지도 몰라요. 어른이라고 모두 자신의 꿈을 위해 사는 건 아니랍니다. 나처럼 다른 사람을 대신해서 살아가는 바보도 있지요."

누군가의 꿈을 대신 이뤄주고, 그 일을 위하여 헌신하는 삶. 나는 감히 인아의 마음 위에 내 마음을 겹쳐보았다.

꿈은 보석과 같았다. 그 자체로 찬란하고 아름답지만 뾰족하게 세공하면 쥘 때마다 아팠다. 타인의 꿈을 쥐고 사는 일은 특히나 더 아팠다.

“저도 앞으로 형사님을 도울게요.”

“말이라도 그렇게 해줘서 고마워요.”

인아는 거짓 한 점 없는 맑은 눈으로 새끼손가락을 내밀었다. 조금은 장난스러웠지만 나는 주저 없이 손가락을 걸었다. 그녀가 힘들지 않았으면 좋겠다. 왠지 그녀를 돕는 것이 나 자신을 돕는 일처럼 느껴졌기에.

“그런데 인연 씨는 어떻게 계급인 친구를 만났나요?”

“저를 지켜준다고 했어요. 무슨 이유인지는 몰라도요.”

“좋은 친구군요.”

“그 친구가 사람들이 어째서 계급인을 싫어하는지도 설명해줬어요.”

“계급인이 유능한 의사를 죽인 사건 말이지요?”

“맞아요. 아주 예외적인 케이스일 텐데 그 사건으로 모든 계급인이 멸시받는 건 잘못됐다고 봐요.”

“그 사건이 문제가 됐던 진짜 이유는 모르지요?”

“진짜 이유요?”

“그건 요청된 죽음이었어요. 의사가 밤의 채집자에게 큰돈을 주고, 자기를 잔혹한 방법으로 죽여달라고 부탁했거든요. 그리고 죽기 전에 복생국에도 자금을 대며 자신이 죽으면 곧바로 복생시켜달라 로비까지 했지요. 그 의사는 살해당한 게 아니에요. 스스로 죽은 거나 다름없죠. 복생국에서는 사건의 전말을 철저히 감췄어요. 그래서 도시인들은 아무것도 모른 채 밤의 채집자를 미워하게 됐죠.”

여느 때와 다름없이 오색으로 빛나는 아름다운 아치 너머에 누군가 있었다. 인아가 손가락으로 그를 가리켰다.

“저 사람이 그 의사고요.”

머릿속에서 절대 맞추고 싶지 않은, 기이한 퍼즐이 맞춰지고 있었다.

“사건을 조사하려고 오셨으면 현장에 계셔야지, 왜 인연이 옆에 있나요?”

판은 인아가 형사라는 것을 단박에 알아차리고는 공격적으로 따졌다. 인아는 그를 진중하게 응대하지 않았다. 오히려 농땡이를 부리고 있었다며 바보 같은 답을 했다. 업무 시간을 헛되이 쓰고 있던 게 아님에도 자신을 헛똑똑이로 위장했고, 이에 속아 경계가 누그러진 판은 아무리 형사라도 경비에게 아파트 출입 허가증을 받아 오라며 훈계하는 게 전부였다. 비록 목소리에는 날이 바짝 서 있었지만.

“인연 씨, 다음에 놀러 오면 그때는 과자라도 대접해줘요.”

“오늘은 가시려고요?”

“저분이 하는 말씀이 다 맞으니까요.”

인아가 머쓱하게 목덜미를 만지작거리며 몸을 틀었다. 판에게는 완전히 뒷모습만 보이는 구도였다. 판은 수상쩍어하면서도 빨리 나가라며 인아를 다그쳤다. 인아는 판에게 들리도록, 다음에는 사전 고지 후에 방문하겠다고 말했다.

그러나 아주 작은 목소리로 내게만 속삭였다.

“무슨 일이 생기면 망설이지 말고 눌러요. 보호자와 내가 올 거예요.”

판이 눈치채지 못할 손놀림으로 그녀가 나의 상의 주머니에 호출기를 넣었다. 용무가 끝난 인아는 다시 쾌활한 모습으로 판을 향해 돌아보았다.

“폐를 끼쳐서 죄송했어요!”

“알고 있다면 됐습니다. 얼른 가세요.”

“혹시라도 연쇄방화 사건과 관련해서 인연 씨에게 위험한 일이 생기지 않도록 주의해주세요.”

판이 단번에 미간을 좁히며 인아를 노려보았다. 인아는 만약의 상황을 말한 거라며 적당히 얼버무렸다. 판의 기에 눌려 우왕좌왕하는 모습을 보였지만 나는 그것조차도 연기라는 확신이 들었다.

인아는 내게 몸조심하라는 인사와 함께 곧장 퇴장했다. 치안국으로 복귀하기 싫다며 칭얼거리는 연기를 하며 그대로 쭉 멀어졌다.

"저 형사가 너에게 무슨 말을 했니?"

판은 인아보다 더 똑똑한 사람처럼 보였지만, 인아만큼 연기를 잘하지는 않았다. 얼굴을 집어삼킨 그림자 속에 언짢음이 완연했다.

"방화범을 잡기 위해 조사차 왔대요."

"그게 다니?"

"절 지켜주시겠다고 했고요."

혹시나 판이 눈치를 챌까 주머니에 든 호출기가 보이지 않게끔 손으로 감쌌다. 판이 수상쩍은 눈으로 훑어보았지만 나는 앞머리를 만지작거리며 그의 시선을 다른 곳으로 이끌었다.

"저런 사람들보다는 내가 널 지켜줄 수 있어."

"물어보고 싶은 게 있는데요……."

"뭐든지."

판이 어떤 소원이든 들어주겠다는 듯 온화하게 웃었다. 이것이야말로 인아가 하던 연기와 동일했다.

"수연이가 죽었는데 어떻게 웃을 수가 있어요?"

판은 동요했다.

"수연이가 죽은 건 슬픈 일이지. 빌어먹을 방화범 자식을 잡아서 내 손으로 찢고 싶단다!"

"마지막으로 수연이랑 같이 있었던 사람, 당신 맞죠?"

"글쎄. 나는 수연이의 푸념을 들어줬을 뿐이야. 그 아이에게는 살아갈 의지가 없었어. 신을 바라지도 않았지. 나는 그런 외로운 아이들을 돕고자 이곳에 머물고 있단다."

판이 지난번에 준 것과 동일한 초콜릿을 또 내밀었다.

"너도 여기에서 나갈 수 있도록 도와줄게. 곧."

판은 나에게 소리치지 않았으며 욕을 하지도 않았다. 힘을 과시하며 위협하지도 않았다. 오히려 다정한 어른의 모습으로 보호하려 했다. 그런데도 판과 이야기를 하면 억지로 숨을 참는 것처럼 불편했다. 더 긴 시간을 함께했다가는 내 삶이 마모될지도 모른다는 불안감. 빨리 그가 원하는 대답을 해야만 했다. 자리에서 벗어나기 위함이었다.

"네, 감사합니다."

판은 잘 훈련된 강아지의 머리를 쓰다듬듯이 나의 정수리를 헝클였다. 그 손길이 초원의 것과는 완전히 달랐다.

말하지 않아도 직감으로 알 수 있는 것. 나는 지금 어떠한 것을 눈치챘다.

고행이 끝난 밤. 어김없이 초원은 아파트 앞에서 나를 기다렸다.

어둠의 멱을 감듯이 팔을 쭉 뻗어 휘적거리는 인사가 반가웠다. 찬란했던 꽃 아치 위도 밤이 되면 흐릿한 달빛만 내려앉는데 초원의 곧은 몸은 어둠 속에서도 선명했다.

"저녁은 먹었어?"

"응. 인연이 너는?"

"나도 먹었어."

"고행을 견디느라 힘들 텐데 평소보다 많이 먹어둬."

"그러면 살쪄."

“쪄도 돼.”

우리는 시시콜콜한 이야기를 하며 지난번에 앉았던 벤치로 향했다. 인적이 드문 곳이라 어떤 대화라도 나눌 수 있었다.

“본본 좋아해?”

“먹어본 적 없어.”

“그러면 이거 줄게. 나는 이제 먹기 싫어서.”

판에게 받은 초콜릿을 손수 까서 초원의 입에 넣어주었다. 보기보다 입이 작은지 뺨 한쪽이 초콜릿 크기만큼 부풀었다.

“연애한다고 말했는데 신앙국 사람들이 믿질 않더라.”

“그래?”

“거짓으로 꾸며낸 말인 걸 다 알더라고.”

“걱정하지 마. 나는 네가 차기 이사야가 되지 않도록 계속 노력할 거야.”

“처음 먹어본 본본 맛은 어때?”

초원은 달고 보드랍다고 답했다. 나는 혀로 굴려서 천천히 녹여 먹으라고 조언했다. 초원은 말 없는 달을 바라보며 고체 덩어리를 서서히 녹였다. 입속 온기에 속절없이 녹아버린 초콜릿 향이 입술 사이로 흘러나왔다. 검은 것을 먹어도 이 아이는 하얬다. 보고 있어도 왠지 계속 보고 싶은 호기심이 일었다.

슬며시 초원의 손등 위에 나의 손을 얹었다. 내 것보다 거친 피부 촉감이 싫지 않았다. 초원은 놀라지 않고 나를 빤히 바라보았다. 여전히 초콜릿을 녹여 먹는 중이었다. 계속해서 말했다. 달고 보드랍다고. 환한 별이 상대의 눈망울에 담긴 우리를 질투했다. 우리는 제법 오래 서로를 바라보았다.

오묘한 마음에 동화되어 눈을 감고, 또 떴다. 매끈매끈한 두 입술이 눈의 깜빡임을 따라 함께 움직였다. 아주 잠깐 세상이 멈추었다가 다시 흘러갔다. 이제 내 입에서도 초콜릿 향이 났다. 달빛이 두 입술 사이를 함께 파고드는 밤이었다.

"이건 내 계획에 없었어……."

초원이 어색하게 웃으며 허벅지 위에서 애꿎은 주먹만 쥐었다 폈다. 잔뜩 긴장한 모양이었다. 나 또한 달아오른 뺨만 계속 만져댔다.

초원은 분위기를 전환하기 위해 주머니에서 뭔가를 꺼냈다.

"화기 구입자 명단을 구했어."

계급인을 통해 라이터를 암거래한 사람들이 적혀 있었다. 타인에게 누설되는 것을 방지하고자 알아보지 못할 특수 암호로 변환된 상태였다. 초원은, 제한적으로나마 성보를 알 수 있다며 가장 마지막에 라이터를 구매한 사람의 이름을 가리켰다.

“읽을 수는 없지만 이 이름은 한 글자야.”

나는 볼 것도 없이 그 이름이 판임을 확신했다.

“초원아, 네가 지난번에 말해준 의사를 죽인 계급인 이야기 말이야. 그 의사가 복생자로 되살아난 거 알아?”

“아니. 거기까지는 몰랐어.”

“일부러 계급인에게 부탁했대. 최대한 잔인히게 죽여서 자길 복생자로 만들어달라고.”

“뭐? 어째서 그런 일을?”

“그 사람, 아파트에 있어. 차기 이사야 후보들이 불에 타 죽을 때마다 외부인의 침입은 발견되지 않았는데 방화는 계속 일어났지. 그리고 유일하게 아파트를 떠나지 않은 사람은 하나뿐이야. 이게 뭘 의미하는지 알겠어?”

나는 초원의 입가에 묻은 초콜릿을 대신 닦아주었다.

“지하에 그 사람이 소유한 공실이 있대. 같이 살펴보자.”

복생자 아파트에 계급인 초원은 입장이 불가했다. 사람들은 거리를 떠도는 주인 없는 개 한 마리의 입장은 눈감아줘도 이름이 있는 초원은 얼씬도 못 하게 할 것이다. 그러니 경비 아저씨가 잠든 이후에 초원과 몰래 지하실을 탐색하기로 했다.

우리는 서로의 곁에서 불어오는 바람을 막아주며 야심한

밤이 되기를 기다렸다.

"며칠 전에 성당 근처를 몰래 구경했어."

"무엇을 봤어?"

"미쳐 있는 사람들."

"이사야에게 뭔가를 구걸하는 사람들은 광신도와 다름없긴 해."

"이사야가 그 정도로 대단해?"

초원은 긍정도, 부정도 하지 않았다. 성당 앞에서 어른들은 울어버릴 것만 같은 얼굴로 이사야를 찬양했다. 순수하게 신을 경배한다기보다는, 신을 경배함으로써 자신의 존재를 알리고 구원을 받겠다는 목적에 의한 행동이었다. 하지만 행복과 안녕이 타자에게 부탁해서 받아내는 것이라면 왜 우리는 자기 자신으로서 살아가는 걸까. 신이 모든 걸 해줄 수가 있다면 누구도 개별적인 존재로 살 필요가 없다. 그냥 신의 여섯 번째 발가락 정도로 대충 포함되면 그만이었다.

"초원아. 왜 신은 인간과 자신을 분리했을까?"

"무슨 말이야?"

"만약 신이 정말로 전지전능하다면 왜 굳이 우리를 자기 안에서 덜어내 온갖 오염에 시달리게 방치하느냔 말이지. 번거롭게 일일이 찬송을 듣고 구원해주고 하면서."

"그러게. 역시 만들어진 이사야는 신이 아닐지도 몰라. 진짜 이사야가 아니니까."

"진짜 이사야? 초원이 너는 본 적이 있어?"

"없지. 하지만 구판 경전에서 보았어. 이사야가 어떤 존재인지."

초원은 계급인 어른들로부터 물려받은 이사야 경전 이야기를 해주었다. 거기에는 신앙국 사람들에게 지급받은 신판 경전과는 완전히 다른 이야기가 있었다. 나는 초원에게서 이사야에 관한 지워진 역사를 들었다.

✦

　최초의 신, 이사야는 3억 년 전 처음 등장했다. 그녀가 실존했을 때 세상에는 인공이 아닌, 스스로 태어난 해와 달이 존재했다. 도시에서 생산하는 낮과 밤의 기원이 되는 자연물이었다.

　이사야는 자연물에게 감정을 선물했다. 행복, 기쁨, 고통, 슬픔, 분노, 억울, 호기심. 오색찬란한 그 감정들을 우주 전역에 뿌리니 자연물들이 마음껏 누렸다. 그녀가 존재했던 세계는 낮에 축복받고, 밤에 용서받았다. 바야흐로 태평성대. 모든 생명과 우주가 순리대로 흘러가던 시절이었다.

　산과 바다, 행성과 가스, 공룡과 민들레. 모든 존재가 감정을 보유했으나 서로 교감하지 못해 감정은 교환되지 않았다. 이에 아쉬움을 느낀 이사야는 감정을 표현하고 교감이 자유자재로 가능한 최초의 생명체를 만들었다. 그것이 바로 인간이었다.

인간은 이사야에게서 감정이라는 축복을 하사받아 그것이 얼마나 아름답고 찬란한지 열심히 토론했다.

인간은 이사야에게 더욱 다채로운 감정을 느끼고 싶다 호소했다. 이에 이사야는 인간이 아직 지니지 못한 '욕망'을 새로이 선물했다. 인간은 자기만의 욕심을 갖게 됐고, 이를 성취할 갖가지 공해물질을 만들었다. 날씨가 바뀌고, 빙하가 녹고, 지각이 갈라졌다. 드높은 곳까지 매캐하고 짙은 연기가 발생하더니 끝내 해와 달이 괴로워하며 달아났다. 해와 달은 늘 우주에 그대로 있는데 이 땅에서 볼 수 없게 됐다. 뿌연 연기 때문에 높은 곳에서 내려다보던 이사야 또한 만날 수가 없어졌다.

이것이 이사야의 탄생과 상실에 관한 역사였다.

"내가 본 경전에는 그런 내용이 없어."

"그야 저 내용을 그대로 두었다가는 마치 인간이 곧 악당 같잖아? 그래서 인간이 저지른 모든 실수를 '초월적 존재의 뜻'으로 대충 얼버무려서 개정판이 나온 거지."

"믿고 따르는 행위에도 목적이 있다는 거야?"

"그것까지는 잘 몰라. 대신에 개정판에는 유독 노동 언급이 많아. 근면 성실하게 일을 하라고 독려하는 부분 말이야."

신앙국에서 지급받은 경전은 확실히 무언가를 강조하기 위해 작성된, 빙빙 돌려 말하는 명령문 같았다. 고결한 철학보다는 우리가 마땅히 해내야 할 의무만 가득했다. 신을 향한 경이로운 감상들은 지루함을 덜어줄 정도로만 남아 있었다.

"지금의 신앙국은 여러모로 압박받고 있어."

"차기 이사야를 임명하는 권한이 위태롭다는 이야기는 들었어."

"맞아. 새로운 기준으로 차기 이사야를 만들라고 돈으로 회유하는 시도들이 많았거든."

과거의 이사야는 인간에게 좋은 것과 나쁜 것을 구분하지 않고 공평하게 제공한 초월적 존재였다. 근면을 요구하지도, 욕망을 경계하라 지시하지도 않았기에 오히려 이사야의 마음은 숭고했다. 모든 걸 다 깨달은 사람은 경계와 경계 사이도 허무는 법일 테니까.

이사야가 낮과 밤을 지구에서 거두고 스스로도 사라진 뒤, 세계는 신을 마련하기 위해 생명과학의 경지에 있는 복생술을 개발했다. 신세기의 신은 그 이후에 창조됐다. 바로 성당의 이사야였다.

지금의 이사야가 몇 대이고, 몇 년 동안 생존해 있는지는 모르겠지만 그녀는 원래 이 땅에 존재했던 이사야와는 다른 일을 하고 있다. 만들어진 이사야가 어떤 방식으로 사람들을 정화하는지는 여전히 의문이었다. 더더욱 가짜 신 따위는 되고 싶지 않았다.

"인연아. 이사야가 욕망을 준 다음에, 인간에게 마지막으로 하나를 더 선물해줬다고 해. 뭔지 짐작이 돼?"

"마지막 선물?"

초원이 하늘에 걸린 달의 위치를 가리켰다. 완연한 심야였다. 우리는 천천히 일어나 아파트로 이동했다. 경비 아저씨 몰래 살금살금 잠입하여 지하실의 공실을 열어볼 계획이었다.

앞뒤 좌우가 모두 깜깜한 밤길. 초원은 어둠 속에서 내가 헤매지 않게끔 손을 잡아주었다.

"그 마지막 선물은 '자유'였대."

복생자 아파트에 처음 들어온 초원은 모든 것을 신기하게
여겼다. 밤에도 굴하지 않고 허리를 빳빳하게 세운 정원의
꽃과 나무들. 평평하게 잘 닦여 어둠 속에선 쪽빛으로 보이
는 아파트 외벽. 나는 초원에게 구경을 시켜줄 여유가 없음
이 아쉬웠다. 그저 지하 계단 쪽으로 이끌었다.

"판이 모든 사건의 주범이야."

"지하실에 증거가 있긴 한 거야?"

"그 사람만 쓰는 공실이니 뭐라도 있겠지."

판은 수연이 죽기 전날에도 함께 있었다. 초원과 인아에게
서 들은 말을 조합했을 때, 판은 과거 계급인에게 부탁하여

자신의 죽음을 꾸밀 정도로 수상한 인물이었다.

"나쁜 사람이야?"

"나쁜 사람인지는 모르겠지만 불편한 사람이기는 해."

아직 결정적 증거가 없으므로, 판을 나쁜 사람이라고 단정 지을 수는 없었다. 판은 분명 처음 본 날부터 나를 돕겠다고 했다. 값비싼 초콜릿을 만날 때마다 줬고 내가 위험한 일을 겪지 않았으면 좋겠다는 다정한 말을 하기도 했다. 그럼에도 판과 대화를 나누면 불편하다는 감정을 감추기 어려웠다. 분명 나를 배려했고, 위해주는 것도 같은데 왜 불편한 걸까. 그의 수상한 과거를 알기 전부터도 그랬다. 나는 아직 그 지점이 무엇을 의미하는지 판단하기가 어려웠다.

우리는 지하실 구석에 위치한 낡은 문 앞에 섰다. 반질거리는 문손잡이를 제외하면 페인트칠이 군데군데 벗겨지고 낡아버려 중요한 장소로 보이지 않았다.

"이 문을 어떻게 열지?"

"식은 죽 먹기야."

초원은 잠긴 문을 보고도 난처해하지 않았다. 옆으로 물러나라는 손짓이 자신만만했다.

"우리는 밤에만 활동하고, 밤에는 대부분의 문들이 닫혀 있지. 이게 무엇을 의미하는지 알아?"

“글쎄.”

“문을 여는 사람이 되도록 성장했단 거야.”

초원이 주머니에서 꺼낸 건 다름 아닌 어둠 지렁이였다. 작은 새끼였지만 꿈틀거림이 눈에 보일 정도로 건강했다. 나는 끔찍한 생물체를 보자마자 깜짝 놀라버려 비명을 지르려 했다. 초원이 반대쪽 손으로 내 입을 막았다. 콧대까지 전부 덮을 정도로 크고 차가운 손이었다.

“문을 열 때는 문 너머 세계에 알려선 안 돼.”

문손잡이의 열쇠 구멍에 어둠 지렁이를 가져다 대자 지렁이는 마치 어미의 품을 파고들듯이 구멍 속으로 꾸물꾸물 기어 들어갔다. 좁고 어두운 곳을 좋아하는 특성 때문이었다. 어둠 지렁이는 유연하고 매끈한 몸을 이리저리 비틀어 금세 구멍 모양으로 몸의 형태를 바꾸었다. 그 움직임을 따라 문손잡이가 흔들렸다.

이윽고 딸칵, 하는 소리가 들려왔다.

“세상에 쓸모없는 생명체는 없어.”

초원이 자랑스레 웃으며 문을 열어젖혔다. 열쇠 구멍에 실컷 몸을 맞춰본 어둠 지렁이는, 역시 제 집이 아니라고 판단했는지 다시 구멍의 틈새로 빠져나왔다. 초원은 지렁이를 채집하여 주머니에 넣었다. 나는 초원에게 엄지를 치켜세워줬다.

우리는 달밤의 형사라도 된 듯이 몸을 낮추고 비밀스러운 공간으로 입장했다.

“윽! 냄새.”

콧구멍을 아래로 꾹 짓누르는 묵직한 냄새가 났다. 몹시 건조하고 둔탁한, 어떤 검정과 회색이 마구 뒤엉킨 쓰라린 냄새였다.

초원이 바닥에 손을 대고 이리저리 훑었다. 하얀 손에 더러운 검댕이 잔뜩 묻었다. 초원은 망설이지 않고 냄새를 맡았다.

“기름과 재야.”

나 또한 초원의 손에 코를 대 세심히 느꼈다. 확실히 물건이 타버린 후에 나는 냄새였다.

좀 더 깊숙이 들어가자 유독 냄새가 진동하는 캐비닛이 보였다. 그 옆에는 반쯤 채워진 휘발유 통이 있었다. 조심스레 캐비닛을 열었다. 차르륵거리는 소리와 함께 어떤 물건들이 부주의하게 쏟아졌다.

“옷이랑 양말, 신발, 그리고……..”

“라이터야!”

초원은 라이터를, 나는 옷가지를 집어 들었다. 문 너머로 미약하게 들어오는 빛에 의지해 옷의 모양새를 살폈다. 여기저기에 미처 지우지 못한 그을음이 있었다. 세차게 잘 털어 확인해보니 그 모습이 익숙했다.

"확실해! 판이 범인이야."

더 이상 추측이 아니었다. 판은 복생자를 죽일 때마다 흔적이 남은 옷을 지하실에 폐기했다. 라이터와 기름을 이용해 복생자의 방에 불을 질렀고, 바깥에서 문을 잠가 가두었다. 그리고 오직 자신만 들어올 수 있는 공실에다 지문이 묻은 라이터와 기름통을 보관했다. 복생자라는 신분 덕에 용의자로 의심받지 않았고, 설령 받는다 하더라도 공실에 모든 증거를 은닉하여 들키지 않았다.

"당장 형사에게 연락하자. 우리가 결정적 증거를 찾았어!"

나는 주머니에서 호출기를 꺼내 눌렀다. 어른들조차 풀지 못한 난제를 풀어냈다는 승리감이 차올랐다.

"우리가 도시를 구했어! 더 이상 연쇄방화와 연쇄살인은 일어나지 않을 거야."

초원이 미심쩍은 표정으로 고개를 꺾었다.

"둘은 다른 사건인걸."

"형사님이 같은 사람의 소행일 거라고 추측했어. 나노 그렇게 생각해. 두 범죄 모두 판이 저지른 거야!"

초원의 눈이 절망을 한 조각 베어 물었다.

“아니야. 달라.”

“네가 어떻게 알아?”

“나는 연쇄살인범을 아니까.”

“그게 판 아니야?”

“나는 판이 누군지 몰라. 방화범은 그 사람일지 몰라도 살인범은 아니야. 적어도 널 죽인 사람은 판이라는 남자가 아니라는 뜻이야.”

초원의 말투는 냉혹할 만큼 서늘했다. 들떴던 감정이 절벽 아래로 발을 헛디딘 것처럼 급강하했다.

다 끝난 거 아니었나? 방화범이랑 살인범, 같은 사람이 아니라니. 그럼 한쪽에선 누군가를 계속 죽여 복생자로 만들고, 또 판은 그 사람을 태워 죽였다는 말이 된다. 도시에 그 정도로 거대한 악의가 하나가 아니라 둘이라니. 믿을 수 없었다.

“네가 아는 살인범은 누군데?”

“말할 수 없어.”

“아는 거 확실해?”

“나는 알아. 봤으니까.”

“뭐야! 그럼 넌 처음부터 살인범이 누군지 다 알고 있었던 거야?”

“맞아.”

초원은 범인을 알면서도 경찰에 신고도, 내게 알려주지도 않았다. 내가 어떤 이에게 잔혹하게 살해당하고 복생한 이후에 초원은 내 앞에 멋대로 나타났다. 그리고 나를 돕고 싶다며 맹세까지 했다. 범인을 알면서도 모르는 척, 태연한 얼굴로 시종일관 나를 대했다는 말이 된다.

초원의 멱살을 꽉 움켜잡았다. 새하얀 아이를 벽에 쾅 처박고 소리를 높였다.

“범인을 알면 당장 말해!”

“안 돼.”

“당장 누가 나를 죽였는지 말하라고!”

“말할 수 없어.”

“왜!”

초원의 눈망울이 빠른 속도로 젖어 들었다.

“말하지 않겠다고 맹세했으니까…….”

“진초원. 넌 나를 만났을 때 멋대로 지켜주겠다는 맹세를 했어. 그럼 넌 지금 두 가지의 맹세를 했다는 거야?”

“맞아. 그 모든 맹세에는 네가 있어.”

“너 대체 정체가 뭐야.”

“인연아, 잠깐만 진정…….”

눈앞의 아이가 누구인지 감이 잡히질 않았다. 나와 함께 손을 잡고, 체온을 느끼고, 입술을 나누었던 상대가 아니라 내가 전혀 모르는, 어떠한 계략을 가진 음침한 녀석일지도 모른다 생각하니 끔찍했다. 재빨리 라이터를 집어 들었다. 초원을 불로 위협하며 꿍꿍이를 실토하라 채근했다.

초원은 깜짝 놀라 두 걸음 뒤로 물러났다. 나는 그럴수록 뜨거운 불을 들이대며 추궁했다.

"넌 뭔데 범인을 다 아는 주제에 나를 지켜준다는 맹세를 했냐고! 이 위선자!"

나는 나를 죽인 범인보다, 보고도 모른 척을 한 초원에게 더 큰 증오심을 느꼈다. 초원의 눈꼬리 끝에 가느다란 물길이 열렸다.

"원래 범인이 노린 사람은 나였어. 그런데 내가 계급인이라는 걸 안 범인은 신분이 하찮으면 죽여봤자 복생자로 만들지 못하니 살려주는 대신에 조건을 제안했어……."

"조건이라니?"

"그날 밤, 내가 널 발견해 범인에게 알려줬어. 그래서 범인이 널 죽인 거야. 난 너로 인해 목숨을 유지했고, 너로 인해 죄가 생겼어. 미안해서 어떻게든 복생자가 된 너만큼은 지켜주고 싶었어. 그래서 찾아온 거야……."

초원이 무릎을 꿇었다.

"정말로 미안해……."

그 순간 열려 있던 공실의 문이 쾅 하고 닫혔다. 들어와선 안 될 사람과 함께.

판은 벽을 더듬어 전등 스위치를 켰다. 누전 상태인지 불빛이 깜빡거렸다. 공실은 빛과 어둠 속을 초 단위로 왕복했다. 불이 켜질 때마다 판의 웃는 얼굴이, 꺼질 때면 두려워하는 나 자신의 무력함이 보였다.

초원은 나와 대치 중임에도 나를 서둘러 자기 등 뒤로 보내 보호했다. 나는 판과 초원, 둘 중 누구를 더 증오해야 하는지 감을 잡지 못했다.

"인연아. 내가 준 초콜릿이 별로 맛있지가 않았나 봐?"

판의 손에는 어느새 기름통이 들려 있었다. 우리는 판이 다가오는 발걸음의 반대쪽으로 달아났지만, 공실의 면적과 구조를 정확히 알고 있는 판보다 좋은 전략을 짜는 일은 불가능했다.

나는 초원의 뒤에 숨어 응수했다.

"당신이 모든 복생자를 죽였죠? 이제 다 알아요."

"내가 부정한다면?"

"캐비닛 안의 옷가지들이 증거예요. 차마 바깥에 버릴 수는 없었나 보죠?”

깜빡거리는 불빛 아래에서 판의 괴이한 미소가 보였다. 진실을 들켜도 전혀 주눅 들질 않았다. 되레 성큼 다가와 캐비닛을 열더니 기름을 들이부었다.

“증거는 불태우면 되지.”

“이미 늦었어요! 우리가 다 봤다고요!”

“그럼 너희도 없애면 되는 거고.”

판이 기름통을 두 손으로 들고는 우리를 향해 끼얹으려 위협했다. 한시도 긴장을 늦출 수 없었다. 어느덧 그와 우리의 위치는 정반대가 되어 우리가 문 쪽, 판이 공실의 안쪽에 위치했다. 도망치기에 좋은 구도였지만 문은 열리지 않았다.

“밖에서 여는 건 쉬워도 안에서 여는 건 어렵게 설계됐지. 더러운 바퀴벌레들이 밖으로 달아날까 봐서. 마침 정말로 바퀴벌레 한 마리가 들어왔네.”

전등에서 스파크가 튀었다. 그나마 들어오던 빛의 조도가 점차 낮아졌다. 초원이 주먹을 쥐는 게 보였다.

“왜 복생자들을 죽였죠?”

“왜냐니? 난 도와준 거야. 안 그래 인연아?”

“헛소리하지 마요. 당신은 방화범이야.”

“그 아이들을 처음 죽인 사람은 내가 아니야. 따지고 보면 그 아이들을 진짜로 죽인 연쇄살인범의 죄가 더 무겁지 않겠어? 난 그렇게 큰 죄를 저지르진 않았다고.”

판이 주머니에서 라이터를 꺼냈다. 캐비닛에서 발견한 것과 동일했으며 계급인에게서 구매한 제품이 맞았다. 그가 기름을 들이부은 옷가지 위에 라이터를 던지니, 금방 큰불이 일었다. 매캐한 연기가 피어오르자 전등은 폭죽 같은 스파크를 내뱉더니 아예 나가버렸다. 어두운 공실에 원치 않은 캠프파이어만 남아 공간을 주홍색으로 물들였다.

“신이 되지 않게 도와준다고 했잖아. 마침 잘됐어. 여기서 타 죽으면 방으로 깔끔하게 옮겨줄게. 저 더러운 계급인은 정원의 나무 양분으로나 써버리고!”

“닥쳐요! 우리는 죽지 않을 거니까.”

우리를 비웃던 판이 재킷의 안주머니에서 찢긴 종잇장들을 꺼내 불 위에 내던졌다. 먹이를 받아먹은 불은 더욱 크게 몸집을 불렸다. 마치 판의 마음을 대신하여 화를 내는 듯했다.

그가 던진 종이들은 이사야 경전의 일부였다.

“나는 그저 이딴 조건들이 없는 평등한 세상을 만들고 싶었단다.”

그가 상체를 숙여 위협적인 맹수처럼 다가왔다. 초원은 나를 완전히 등 뒤로 감춰버렸다. 이제 내 시야에선 판이 보이질 않았다. 초원의 기다란 등판 너머로 어른의 엄숙하고 냉철한 목소리만 들려왔다.

"왜 나에게는 신이 될 자격조차 없는 것이지? 내 물음에 대신 대답해봐."

"그야 당연히……."

"어째서 나 같은 유능한 어른이 아니라 무지한 너희만이 신의 숭고함을 이어받느냔 말이야. 불공평하지 않아?"

"차기 이사야 후보들 중 누구도 신이 되고 싶은 사람은 없었어요! 멋대로 신이 되어라 강요한 건 우리가 아니라 당신들이겠죠."

판이 코웃음을 쳤다. 어느덧 목소리가 제법 가까워졌다.

"복생자들은 하나같이 똑같군. 누군가 시켰을 뿐이에요, 억지로 따랐을 뿐이에요, 라고 회피하면서도 속으로는 은근히 신에 가까워지는 현실을 좋아했지. 하루아침에 복권 당첨이라도 된 듯이 말이야!"

그는 마침내 초원을 힘으로 제압하려 했다. 내가 등 뒤에서 도움을 주려 했지만, 체격에서부터 큰 차이가 나 무리였다. 초원은 힘없이 벽으로 밀쳐졌다. 뒤통수를 세게 부딪힌 탓에 정신을 잃었는지 신음조차 내뱉지 못했다.

판은 라이터를 찰칵거렸다.

"난 말이야. 의사로 살면서 많은 사람을 살렸어. 세상에 신이 있다면 멍청한 아이들보다 내가 더 어울리지 않아?"

"왜 그걸 나한테 따져요. 신앙국에 정식으로 요청해요!"

그가 한 손으로 내 목을 콱 졸랐다.

"요청했지! 돈으로 회유도 해봤고!"

"대체 왜 우리한테……."

"갖은 수를 써서 복생자로 환생까지 했는데도 이 도시에는 빌어먹을 미친놈이 있어서 계속해서 나보다 더 어리고 순수한 복생자들을 탄생시켜! 마치 영원히 나에게 신이 될 차례는 오지 않는다고 조롱이라도 하는 것처럼! 아무리 차기 이사야들을 제거해도 계속해서 생겨난다고! 하수구에 들끓는 벌레 같아. 너도 속으로 나를 업신여기고 있지? 나이 먹고 늙어서 평생 인간으로 살다 죽어야 하는 게 불쌍하다면서 말이야!"

"숨 막혀!"

"인연아. 너는……."

그가 라이터를 턱끝까지 들이밀었다. 불길이 금빙이리도 얼굴에 닿을 것만 같았다.

"그 여자를 닮았어. 그래서 불쾌해."

그때 갑자기 판이 비명을 지르며 몸을 비틀기 시작했다.

기절한 초원의 주머니에서 나온 어둠 지렁이가 판의 몸을 타고 기어오른 탓이었다. 그 지렁이는 어느새 판의 목덜미를 지나 얼굴까지 질주했다.

끔찍한 촉감에 판이 서둘러 지렁이를 떼려 했지만, 그럴수록 지렁이는 숨을 구멍을 찾아 맹렬히 얼굴을 탐색했다. 판의 눈동자 한쪽이 야금야금 갉아 먹히기 시작했다. 나는 판이 떨어뜨린 라이터를 재빨리 회수했다.

문밖에서 웅성거리는 소리가 나더니 문이 세차게 부서졌다. 어둑하던 지하실에 오로라 같은 빛이 들어왔다.

"인연 씨!"

"인연아!"

호출을 받은 인아와 그녀를 돕고자 따라온 경비 아저씨였다.

"저 사람이 연쇄방화범이에요! 이곳에 남겨진 물품들이 증거예요!"

다급한 외침을 들은 인아는 자초지종을 묻지 않고 판의 양손을 포박해 수갑을 채웠다. 경비 아저씨는 경찰과 소방서에 신고했고, 판은 억울하다며 절규했다. 그의 한쪽 눈에서 새빨간 피가 흘렀다.

"괜찮니?"

인아가 나의 상태를 살폈다. 목이 조금 졸린 것 외에 다친 곳은 없었다. 하지만 초원은 여전히 깨어나지 못했다. 경비 아저씨는 곤란한 기색을 감추지 않았다.

"계급인이 복생자 아파트에 들어왔단 걸 출동한 경찰이 알면 큰 벌을 받게 돼."

"하지만 저 아이가 날 보호해줬어요."

"이유 불문이란다. 지금 내 역할도 네 말을 듣는 게 아니라 저 아이까지 잡아두는 일이지."

인아 또한 경비 아저씨의 말을 거스르지 못했다. 나는 힘없이 축 늘어진 초원을 끌어안고서, 아무리 계급인이라도 그렇지 범인 검거에 도움을 준 사람을 어찌 범죄자 취급하냐며 따져 물으려 했다.

그 순간에, 초원이 내게 고백한 과거가 떠올랐다. 나는 이 아이가 고마우면서도 미웠다. 구해주고 싶은 마음과 복수하고 싶은 마음이 각자 덩치를 키웠다. 혼란 속에서 여러 차례 고개를 저었다.

"인연 씨, 우리가 계급인을 지켜주지는 못하지만 못 본 척은 해드리겠습니다. 지금이라도 당신의 방에 숨기세요. 정신을 차리면 그때 내보내시고요."

인아는 이것이 베풀 수 있는 최선의 방관이라며, 내 손 위에 초원의 손을 포개어 잡아 쥐게 했다. 경비 아저씨도 그녀의 말에 동의하는지 고개를 끄덕였다.

"곧 경찰이 올 겁니다. 판은 우리가 맡을 테니 얼른 방으로 가세요."

나는 눈을 감은 초원을 바라보았다. 정신을 잃었어도 고개를 숙인 모습이 외로운 꽃처럼 여리기만 했다. 증오스러운 아이, 거짓말을 한 아이, 위선자! 초원을 바라보며 온갖 어두운 마음을 씹어보았지만, 그 미움들 사이로 삐질삐질 새어 나오는 단 즙이 심장에 스몄다. 나는 이 아이가 벌을 받길 원하지 않는다.

기다란 몸을 업었다. 키가 커서 발이 땅에 끌리는 점이 걱정스러웠다. 경비 아저씨가 대신 업어주려다, 경찰이 접근하는 소리를 듣고선 포기했다. 인아는 나를 향해 다급히 방으로 가라 지시하면서도, 하나의 경고를 첨언했다.

"호출기는 저뿐만 아니라 인연 씨의 부모님과도 연결되어 있어요. 어머니가 곧 오실 겁니다."

침대 위에 초원을 눕혔다. 늘 나의 키만큼만 움푹 꺼졌던 매트리스가 길쭉하고 꼼꼼하게 가라앉았다. 물수건으로 재가루가 묻은 초원의 이마를 닦았다.

내가 죽은 건 이 아이 때문이다. 만약 그날, 초원이 나를 범인에게 알려주지 않았다면 아무 일 없이 집으로 돌아가 평상시와 다름없는 밤을 보냈겠지. 억지로 숙제하고, 반겨주지 않는 엄마와 한집에서 아침을 누려워하며 잠들기. 유효기간이 짧은 환상들에 의지하여 새로운 하루가 오지 않길 마리기. 턱끝까지 물이 차오르는 것 같은 답답한 하루를 또 적립하기.

나는 그렇게 살았을 거다. 하루가 한 달이 되고 1년이 되게끔. 그렇다면 정말로 나는 이 아이 때문에 죽은 게 맞을까. 이미 죽어 있던 건 아니었을지.

초원이 눈을 떠 자기 이마를 닦는 나를 올려다보았다. 그 아이의 눈을 다시 감기고, 조금 더 쉬어도 괜찮다고 말해주었다. 아직 온몸이 뜨거웠다.

"판은?"

"형사님이 검거했어."

"다행이다."

나를 향하는 초원의 시선이 어린 고양이를 대하듯 조심스러웠다.

"정말로 미안해."

상황을 모면하기 위한 거짓 사과처럼 들리지는 않았다.

"나를 용서하지 않아도, 계속 미안하다고 말할게."

초원을 증오하는 일은 마음만 먹으면 얼마든지 가능했다. 이 아이를 살인에 가담한 혹은 방조한 파렴치한으로 몰아세우는 건 내게 주어진 선택지 중 하나였다. 하지만 지금의 나는 초원을 섣불리 미워하질 못했다. 함께 벤치에 앉아 보냈던 밤들이 자꾸만 떠올랐다.

"범인이 날 죽인 거지, 네가 날 죽인 건 아니야."

“그래도 미안해.”

“너도 살기 위해서 어쩔 수 없었겠지.”

“그래도 미안해.”

“나라도 그랬을 거야.”

“정말로 미안해.”

더 이상 초원의 얼굴을 봐도 화가 나지 않았다. 사과를 받아서인가 생각해보면 그것만은 아니었다. 사과만으로 잘못이 없어지진 않았다. 그러나 비슷한 감옥 속에서 살아온 사람끼리는 서로 화를 내고 잘못을 따져보았자 의미가 없었다. 우리가 원하는 건 서로의 고해성사가 아니라, 우릴 가둔 감옥의 고해성사였다.

초원의 이마에 손을 얹었다. 타오르는 온도가 마음을 녹이려 했다. 우리는 서로를 이해하기 위해 다시 만난 걸지도 모른다.

누군가 도어록 비밀번호를 누르더니 난폭하게 문을 열어젖혔다. 그런 행동을 할 사람은 정해져 있었다.

엄마의 찌푸린 얼굴이 코끝을 기점으로 설반씩 나뉘어 있었다. 아래의 입술에는 호출기의 신호를 받고 나를 걱정했다는 말이 담겨 있었고, 위의 눈에는 상황 설명을 하라는 분노가 서려 있었다. 당연하게도, 엄마는 침대에 누워 있는 초원

부터 훑었다. 미간이 새벽의 파도처럼 거무죽죽하게 휘몰아
쳤다.

"저 더러운 계급인은 뭐야?"

"날 구해준 아이야."

"주인연, 대체 뭘 하고 다니는 거야? 호출은 또 왜 왔고!"

"우리가 방화범을 잡았어. 이 이이는 아무런 잘못을 하지
않았으니까 화낼 필요 없어."

마주 보는 어른이 싸늘한 표정으로 대답했다.

"너는 내가 지난번에 말한 걸 모조리 무시했구나?"

엄마는 마당을 기어다니는 바퀴벌레라도 본 듯이 초원을
당장 내쫓으려 했다. 다섯 손가락이 거칠게 초원의 어깨를
향해 날아갔다. 겁에 질린 초원이 재빨리 상체를 일으켜 이
불로 감쌌다. 나는 초원을 보호하기 위해 몸을 껴안은 채로
항변했다.

"우리 아파트에 범인이 있었어! 차기 이사야가 되지 못한
것에 한을 품고 나까지 불에 태워 죽이려고 한 사람이야. 초
원이와 어둠 지렁이들이 돕지 않았다면 엄마는 지금 내 얼굴
대신 잿더미만 봤을 거야. 모든 건 판의 잘못이라고."

"판?"

엄마가 그의 이름을 되물었다. 나는 의사로 살다가 살해당

하여 복생자가 된 존재라는 정보를 덧붙였다. 일순간, 엄마가 입술을 부르르 떨 정도로 동요하더니 이마를 감싸 쥐었다.

짝!

눈앞의 세상이 잠깐 소등된 줄 알았다. 커다란 마찰음과 함께 눈이 닫혔다가 겨우 떠졌다. 엄마가 세차게 나의 뺨을 내려친 탓이었다.

"너는 또 나의 지옥이 되려 하는구나."

"엄마, 그게 무슨……."

"다 알고 나한테 죽은 사람의 이름을 말하는 거지? 나를 또 괴롭히려고."

"내가 언제 엄마를 괴롭……."

엄마가 실핏줄이 터질 것 같은 눈으로 고함쳤다.

"너 때문에 나는 너무 많은 걸 포기하며 살았어! 근데 내 기억에서 판까지 상기시켜?"

그녀가 팔을 더욱 높게 들고는 반대쪽 뺨까지 내려치려 했다. 나에게 유일한 가족은 내가 존재함으로써 자신이 불행해졌다는 말을 서슴없이 뱉었다. 이토록 억울한 일이 또 어디에 있을까. 나는 그녀를 미워할 수가 없었다. 그녀를 이미 미워하고 있었으니까. 하지만 그만큼 그녀가 나를 사랑해주길 바랐다. 나는 엄마를 참 좋아했다. 엄마가 어떤 엄마여도 상

관이 없었다. 나를 낳아준 아빠가 누군지 만남을 소망한 적
도 없었다. 그저 엄마 하나만 내게 있어주면 충분했다.

나를 때려서 분이 풀린다면 뺨을 내주고 싶었다. 하지만
엄마의 커다란 손바닥은 내 뺨에 내리꽂히지 않았다. 폭력을
저지한 건 다름 아닌 초원이었다.

"그만하세요."

"이거 안 놔? 더러운 계급인 주제에!"

"인연이는 신이 되지 않아요. 나는 인연이가 아파트에서
떠나게끔 해줄 거예요."

엄마의 손이 병에 걸린 것처럼 미친 듯이 흔들렸다. 엄마
가 분을 참지 못하고 초원의 머리칼을 잡았다. 나는 그런 엄
마의 손을 간신히 떼 둘을 분리했다. 엄마의 목에 핏발이 서
있었다.

초원이 굴하지 않고 저항했다.

"……당신도 강요받아 왔던 거죠? 세상으로부터."

"네까짓 게 뭘 안다고!"

"강요를 받은 이상 우리는 신과 가까워질 수 없어요."

"입 다물어!"

"진짜 이사야가 우리에게 선물한 건 자유였으니까요."

엄마가 과거에 어떤 사람인지 중요하지 않았다. 아빠와 조

부모님 이야기를 일절 하지 않던 엄마에게 상처가 있다는 사실, 엄마의 삶이 어떠한 박탈을 감내하며 뒤틀렸다는 사실. 그 정도는 나도 알았다. 뭐든 상관이 없었다. 지금이라도 나를 놓아주고 돈독한 모녀가 될 수만 있다면 엄마를 용서할 수 있었다. 엄마는 내게 하나뿐인 가족이니까.

분을 이기지 못하는 그녀의 손을 잡았다. '엄마' 하고 조심스레 불러보았다.

"다 너 때문이야."

하지만 고개를 치켜든 그녀는 엄마가 아닌 새벽의 천둥이 되었다. 순식간에 손을 뿌리치고선 내 목을 쥐었다. 허리가 뒤로 꺾였고 숨이 막혔다. 그녀는 나 때문이라는 말을 셀 수 없을 정도로 빠르게, 많이 읊었다. 마치 성서를 암송하는 듯이.

"주인연."

코앞에, 꿈속에서나 보던 괴물이 서 있었다. 거칠게 찢긴 입가를 타고 끈적한 원망과 후회가 질질 흘렀다. 엄마는 여전히 자신의 꿈을 이루기 위해 숨 쉬고 있었다. 내가 당신을 얼마나 절실히 믿는지는 상황을 바꾸지 못했다.

그런 엄마가 한쪽 손을 자기 가슴에 얹었다.

"나는 너를 반드시 신으로 만들 거야. 이건 맹세야. 이제 네가 신이 되지 않으면 내가 죽어."

초원이 엄마를 밀치고 나를 강하게 끌었다.

"달아나자."

괴물은 쥘 만한 도구를 찾으며 용서하지 않겠다고 호통쳤다. 버릇없이 군 초원을 향한 말인지, 꿈을 거스르려는 나를 향한 말인지는 알 수 없었다. 우리는 손을 맞잡고 달려 나갔다. 어디로든 괴물의 눈을 피해야만 했다.

아파트를 나서니 어슴푸레한 새벽이었다. 달리는 내내 찬 바람이 눈동자를 후려쳤다. 시큰거리는 눈 밖으로 후두두 물방울이 쏟아졌다. 그녀의 맹세는, 끝까지 자신만을 위한 선언이었다.

"동이 트고 있어!"

우리는 붉게 타오르는 하늘을 따라 달렸고, 뒤에선 엄마가 쫓아왔다. 초원과 얼른 떨어지고 당장 돌아오라는 명령이 우레처럼 텅 빈 도시를 흔들었다. 저런 말을 듣고서 돌아갈 딸이 어디 있단 말인가. 초원이 판에게 당한 충격에서 완전히 회복되지 않았는지 머리를 움켜잡았다. 어지러워 보였다. 어딘가에 숨어야만 했다.

눈앞에 파란 십자가가 보였다. 이른 새벽부터 문을 연 곳은 성당뿐이었다. 엄마의 눈을 피해 성당으로 숨어들었다.

헐떡이는 초원의 온몸이 축축했다. 소맷단을 끄집어 내려

이마부터 닦아주었다.

"괜찮아?"

나를 위해 초원이 괜찮은 척을 할까 봐 재빨리 양쪽 입가를 잡았다.

"웃어주지 마, 너 힘들어."

여태껏 이렇게 가까이서, 누군가의 타들어가는 얼굴을 본 적은 없었다. 너는 내가 뭐라고 기꺼이 약한 모습까지 보여주는 걸까. 나는 초원의 뺨을 연신 닦아주었다. 말랑하고, 축축했다. 타인이 가진 온기를 인식한 순간, 너는 정말로 내게 다른 사람이 됐다.

"예전에 나한테 그랬잖아. 우리가 연애하는 게 네가 나를 더럽히는 일이라고. 그래서 차기 이사야 자격에서 박탈될 거라고."

"그랬지."

초원은 말을 하기가 힘든지 눈을 찌푸렸다. 이마에 식은땀이 맺히고 머리칼이 엉겨 붙었다. 나는 최선을 다해 초원의 몸을 깨끗이 닦았다.

"누군가를 좋아하는 게 더러워지는 일이라면, 난 신싸로 더러워졌어."

"침대에서 날 보호해줬을 때 내가 남자가 아니란 걸 알아

채지 않았어?”

“상관없어.”

초원이 고개를 돌리고 피식거렸다. 우리는 서로의 손을 꼭
잡았다.

엄마의 맹세가 떠올랐다. 나를 차기 이사야로 만들겠다고
했지. 그건 내가 원하지 않는 일을 기어코 이뤄내겠다는, 목
숨까지 걸어버린 섬뜩한 의지였다. 하지만 나는 이제 진실로
이사야가 되지 못한다. 내가 신이 되지 않는다면 엄마는 맹
세를 어긴 게 되고 목숨을 잃고 만다. 그러나 내가 신이 된다
면 나를 지켜주겠다던 초원의 맹세 또한 배반된 것이므로 죽
는다.

즉 나를 지키는 아이와 나를 몰아세우는 어른의 맹세가 양
립했다. 둘 중 하나는 나로 인해 죽고 마는 것이다. 이제 어떻
게 해야 할까.

초원이 불안해하는 나의 뺨을 쓰다듬었다.

“네가 저지르지 않은 일까지 걱정하지 마.”

성당 앞쪽에서 갑작스러운 소음이 들렸다. 안에 우리 말고
누군가 있었다. 우리는 성인이 아니므로 출입이 불허된 존재
들이었다. 숨을 죽이고 후미진 구석으로 숨어들었다.

성당 맨 뒷줄, 기다란 예배용 나무 의자 뒤에 숨었다. 초원

의 쌕쌕거리는 숨소리는 점차 커졌다. 나는 성당에 있는 사람이 누구인지 파악하기 위해 머리를 조심히 들었다. 아침과 새벽 중간의 다홍색 빛이 스테인드글라스 너머로 미끄러지는 풍경이 보였다. 찬란한 색이 검은 하늘과 치열히 뒤섞이며 도시를 밝히는 중이었다. 희멀건 초원의 얼굴 위에도 가는 줄기의 빛이 내려앉았다.

초원의 눈꺼풀이 몹시 무거워 보였다. 손바닥으로 그 눈을 지그시 감겨 쉬게 해주었다. 성당 앞쪽에서 낯선 사람의 기도 소리가 들려왔다. 그러자 초원이 간신히 눈을 뜨고는 상체를 일으키려 했다.

"들키기 전에 나가야 해."

"밖에서 엄마가 우릴 찾고 있으니, 일단은 여기가 제일 안전해."

"안 돼, 성당은 안 돼."

"왜?"

"빨리 나가야……."

초원은 끝내 어지러움을 이기지 못하고 의식을 잃었다. 나는 입고 있던 겉옷을 바닥에 깔고 그 위에 초원을 뉘었다.

의자 뒤에 딱 붙어 사방을 살폈다. 커다란 파노라마 창을 문지기처럼 두른 공간 아래에 두 사람이 있었다.

그중 한 사람에게 눈길이 갔다. 자른 적 없이 치렁치렁히 기르기만 한 머리, 난잡하게 솟아난 가시관, 하얀 옷과 거룩한 은색 단검, 창백한 입술과 앙상한 몸. 생기를 상실한 동공. 틀림없었다.

저것이 도시의 신, 우리의 구원자!

허름한 옷을 입은 신도가 그 앞에 무릎을 꿇고 머리를 조아렸다.

"이사야 님, 요즘의 저는 타인의 성공과 제 인생을 비교하는 짓거리를 멈출 수가 없습니다. 행복한 사람들을 보면 분을 못 참겠으니 이런 저를 구원해주소서."

"그대는 최근에도 오지 않았는가."

"그렇습니다. 당신의 구원이 미진하여 평화를 얻지 못했죠."

이사야가 단검을 들었다. 설마 신도에게 상처를 주려고? 끔찍한 일이 시작될 거란 예감이 들었다. 보지 말아야 함을 알면서도 집중하게 되는 배덕함이 솟구쳤다.

신도 또한 자신이 가져온 바구니에서 도구를 꺼냈다. 단도보다 훨씬 극악무도한 날붙이들이었다.

"나의 모든 부정을 정화하소서."

신도가 날붙이를 거침없이 이사야의 몸에 찔러 넣었다. 그녀가 무릎을 꿇자 검붉은 피가 줄줄 흘렀다. 나는 숨을 한 움큼 삼킨 채로 굳어버렸다. 움직이는 건 크게 확장되는 동공뿐이었다. 신도는 가해를 멈추지 않았다. 미움과 증오, 분노와 고통을 씻어달라 외쳤다. 찐득한 신의 피가 신도에게 잔뜩 튀었다. 그녀의 하얀 옷 역시 지옥의 색으로 물들었다.

고행의 과정과 다름이 없었다. 신이 된다는 건, 죽을 때까지 타자 대신 고통을 받는 삶이었다!

이사야가 숨을 거의 쉬지 않자, 신도가 행위를 멈추고 신탁 뒤에 구비된 커다란 양동이를 가져왔다. 허연 크림이 가득 담겨 있었다. 신앙국 사람들이 내게 바른 양 정도가 아닌, 온몸을 적실 어마어마한 양이었다. 그걸 쓰러진 이사야 위에 끼얹자 그녀가 다시 숨을 몰아쉬었다.

마지막으로 신도는 이사야가 쥔 단검에 자신의 손끝을 찔렀다. 스스로 흘린 것은 오직 피 한 방울뿐이었다. 그는 홀가분한 듯 말했다.

"당신과 교환한 고통으로, 나는 또 하루를 살아갑니다."

신도는 바구니에 날붙이를 담았고, 입고 있던 피범벅 옷도 몽땅 벗었다. 깨끗한 옷으로 환복하자 피 한 방울 묻지 않은, 어떤 아픔도 기록되지 않은 도시인이 됐다. 스트레스를 해소한 신도가 개운한 걸음걸이로 성당을 빠져나갔다. 오직 앞만

보던 그는 우리를 발견하지 못했다.

괴로움에 나도 모르게 신음을 내뱉었다. 누워 있던 이사야가 그 소리를 듣더니 내가 숨은 곳을 알아차렸다.

"이리로 나와."

다시 숨으려 했지만 소용없었다. 소리치지 않았음에도 그녀의 목소리는 성당의 돔형 구조물에 둘러싸여 장엄하게 울렸다. 진실로 신의 지시 같았다. 태어나서 처음 마주하는 이사야에게 저항할 수 없어 고개를 끄덕였다. 그녀가 있는 앞쪽까지 천천히 다가갔다.

"가까이 와."

이사야도 몸을 추스르고 일어났다. 시야가 조금 흐린지 눈을 비비고 있었다. 이윽고 나를 정확히 인식하자 퀭한 눈알을 섬찟하게 굴렸다. 오류가 발생한 기계처럼 빠르게 깜빡였다.

"너, 너, 너, 너!"

이사야는 브레이크가 고장 난 듯 갑자기 달려왔다. 도망치려 했으나 손아귀를 피하지 못하여 잡혀버렸다. 나를 반기는 신의 얼굴이란 반쯤 미쳐버린 짐승의 모습이었다.

"너는 차기 이사야 후보지!"

이사야가 머리의 관을 벗어 내게 씌우려 했다. 가시가 안쪽에도 돋아나 있어 두피에 닿자마자 불쾌한 촉감이 느껴졌다. 아마 내가 통증을 느끼는 존재였다면 무척 고통스러웠을 거다. 손으로 관을 밀어냈다.

"왜 이러세요."

"빨리 쓰란 말이야!"

그녀가 침방울을 튀겨가며 내 머리 위에 가시관을 짓눌렀다. 두피가 긁히며 피가 흘렀고 나는 그대로 소리를 질렀다.

"너무나 오래 기다렸어! 오늘부터 당장 이사야가 되겠다고 맹세해. 어서!"

그녀는 피로 물든 자기 옷을 벗더니 나의 옷까지 벗기려했다. 억지로 갈아입힐 생각이었다. 나는 거세게 저항하며 발로 그녀를 걷어찼다. 신의 가냘픈 몸이 구차하게 뒤로 굴렀다. 그녀는 비척이는 짐승처럼 중심을 잡더니 다시 돌진해왔다. 나는 넘어졌고, 그녀가 몸 위에 올라탔다.

"신이 돼라. 역겨운 도시를 구원해. 타인을 위해 피 흘리고괴로워해라. 그 대가로 너는 성당과 성당 밖의 껍데기 같은마음들을 얻나니."

"뭐 하시는 거예요! 이거 놔요!"

"나는 너무 지쳤어."

그녀가 코끝이 닿을 듯이 고개를 처박고선 절규했다. 피비린내가 훅 끼쳤다. 어디선가 맡아본 적이 있었다.

무겁고 숨 막히는, 철을 몇 덩이고 녹여 응축한 듯 비린, 텁텁한, 들리지 않게 포효하는, 심장을 주무르는, 제멋대로인 손아귀와 진동하는 소름으로 나를 농락하는, 귀를 후벼 파는, 입을 틀어막는, 내 영혼을 짓누르는, 냄새.

심장이 요동쳤다.

"내 덕에 영생의 삶을 얻었는데 너도 대가를 지불해야지!"

이자가 확실했다. 나를 끔찍하게 죽여 단번에 복생자로 만든 자. 그 어떤 인간의 증거도 남기지 않은 살육자. 초원이 차마 밝히지 못한 범인이다.

그녀를 향해 품었던 측은지심이 순식간에 휘발됐다. 진정으로 단죄해야 하는 자가 눈앞에 있었다. 그녀가 든 단검을 빼앗아 겨눴지만, 몸에 힘이 들어가지 않아 미끄러지듯 놓쳐 버렸다. 이사야는 신탁에 기대 있던 커다란 각목 하나를 챙겨 헝겊을 둘둘 감더니 장식된 촛불에 갖다 댔다.

순식간에 횃불이 완성됐다.

"당장 신이 돼라. 그러지 않으면 타는 죽음뿐이다."

이사야를 말려야 했다. 그녀가 횃불을 가로로 휘저으며 다가왔다. 성당 나무 의자에 불이 붙었다. 매캐한 연기는 비둘기가 돼 스테인드글라스를 향해 날아올랐다.

"신이 돼."

"싫어요."

"신이 돼!"

"왜 하필 저예요!"

횃불을 피하며 거듭 뒷걸음질 쳤다. 어느덧 나는 성당의 중간 지점까지 와버렸고 뒤로 계속 달아났다가는 초원을 들킬 위험이 있었다.

이사야가 끔찍한 표정을 지었다. 눈물과 웃음이, 분노와 허무가 복잡하게 손을 잡고 있었다.

"그러면 나는 왜 하필 나였는데."

"네?"

"나는 왜 나여야만 했냐고!"

차가운 물이 그녀의 녹색 눈동자 속에서 파도쳤다. 뺨 언덕을 타고 미끄러지다 창 너머 도착한 아침 햇살을 받아 반짝였다. 이사야는 오랜 고난 끝에 거룩히 울 줄을 알았다.

"나도 너와 다르지 않았어."

그녀는 나와 키가 비슷했다. 발은 235밀리 정도 될 법했고, 손가락 두께는 내 것과 동일한 호수의 반지를 끼울 수 있어 보였다. 팔다리는 손에 든 횃불보다 길고 앙상했다. 서러워 하는 입안에는 그 누구도 떼어주지 않은 교정기까지 남아 있었다.

평범한 인간이었다.

사람을 구하기 위해, 도시를 지키기 위해, 온갖 잔혹한 마음을 피로 받아낸 삶이 머릿속에 스쳐 지나갔다. 결코 내 것일 리 없는 경험임에도 마치 누군가 그녀를 구하라고 대신 보여주는 것 같았다. 모노필름처럼 지나간 흑백의 고통 위로 홀로 우는 이사야가 보였다. 나는 이사야의 본명이 무엇인지 몰랐다. 나이가 어느 정도인지, 어떤 학교에 다녔는지, 어떤 꿈이 있었는지도 전혀 몰랐다.

천천히 그녀에게 다가갔다. 이사야는 부끄러움을 모른 채로 펑펑 울었다. 늘 혼자서 싸워왔을 고통 속에 내가 반사돼 보였다. 우리는 각자의 자리에서 외로웠고 타인의 꿈을 이루라는 사명만 강요받아 왔다. 이사야는 신이 아니라 가장 낮은 곳에 갇힌 존재였다.

"당신의 고통을 감히 내가 이해해요."

그녀를 끌어안고 납작한 이마를 나의 어깨에 묻어주었다. 진동하는 피비린내와 함께 나의 어깨는 눈물로 젖어갔다. 미움의 토사물을 받아냈던 신의 울음소리는 내가 들어본 어떤 여자아이의 것보다 작았다.

그때 성당 정문이 벌컥 열렸다. 판을 검거한 후 철수하던 인아가 소란을 감지하고 들이닥친 것이다. 인아는 피범벅이

된 이사야와 나의 포옹을 보고선 반사적으로 총구를 겨눴다. 혹시 위험한 인물이 아직 우리 주위에 있는 건 아닌지 살피는 듯했다. 내 품 안의 여자가 연쇄살인 사건의 진범이라는 걸 알 턱이 없었다.

나는 이사야를 타일렀다.

"지금이라도 늦지 않았어요. 당신의 고통은 이해하지만, 당신이 희생시킨 타자에 대한 죗값을 치러야 합니다. 죽은 이가 모두 복생하지는 못했으니까요."

이사야는 조용히 고개를 들었다.

"너는 경전에서 보지 못했겠지. 타락한 신이 어떤 종말을 맞이하는지를. 저들은 기능이 다한 나를 쥐도 새도 모르게 없애고 몸은 불태울 거다. 이 도시는 평생토록 노동으로 사람을 착취하고 아름다운 이미지만을 위해서 움직이지! 신의 말씀까지 이용해가면서 말이야. 나는 달아나기 위해 너희를 죽인 거야, 함께 죽고자 한 게 아니라!"

"이사야, 정신 차려요!"

"날 대신히지 않으려거든 넌 이용 가치가 없다!"

눈물을 멈춘 이사야가 나를 뒤로 세게 밀쳤다. 엉덩방아를 찧었고, 넘어지며 뭔가에 부딪혔는지 뒤통수까지 얼얼했다. 그녀가 횃불을 다시 치켜들고는 인아와 경찰들에게 소리쳤다.

"이 미천한 아이가 나를 능멸하고 괴롭게 하였다. 서둘러 벌하여라."

그러자 경찰들이 모두 총을 꺼내 나를 겨눴다. 인아가 경찰들을 저지하며 다가왔다.

"주인연 씨, 당신은 성당에 들어올 수 없는 존재입니다. 이사야의 말이 사실입니까?"

"아니에요, 억울해요!"

나의 품에서 벗어난 이사야가 불을 들고 나를 직접 태워 죽이겠다고 고함쳤다. 전능한 신의 이름으로 거짓된 복생자를 처형하겠노라고.

내가 여기서 불에 타 죽는다 하더라도 그녀는 계속 자신을 대신할 복생자를 탄생시킬 것이다. 잔혹하게 신체를 끊어 죽이고, 차기 이사야가 되길 기도하겠지. 우리가 가장 숭배하는 이사야를 단죄하지 않으면 도시의 어둠은 끝나지 않는다. 나의 죽음에 대한 죗값을 치르게 하는 일뿐만 아니라 도시를 구원하기 위해서는 정녕 신을 심판해야만 했다.

"연쇄살인 사건의 진범은 이사야입니다! 이 여자가 복생자를 양산하고 신의 지위를 떠넘기기 위해 나쁜 일을 저질렀어요."

내 말을 듣고 흥분한 이사야는 횃불을 던지려 했다. 인아가 빠르게 달려가 그녀를 저지했다. 횃불은 옆으로 낙하했다. 나무 의자 위로 커다란 불꽃이 피어올랐다.

"주인연 씨, 그게 무슨 말입니까? 이사야는 신입니다. 늘 여기에서 우리를 수호한단 말입니다."

"아니에요! 그날 제가 죽기 직전 맡았던 냄새가 바로 이사야의 피 냄새입니다. 늘 성당에 있을 거라는 알리바이를 갖고 있으며 피 묻은 옷을 입어도 의심받지 않는 자는 도시에서 이사야가 유일하잖아요."

이사야가 헛소리하지 말라며 날뛰었다. 우리는 신이 인간에게 양팔을 포박당한 채 날뛰는 모습을 결코 상상한 적이 없었으나 눈앞에 펼쳐졌다. 경찰이 무례한 행동을 삼가라며 오히려 인아를 비난했다. 풀려난 이사야가 격노하여 나를 얼른 단죄하라 길길이 날뛰었다. 나무 의자에 붙은 불이 크게 번져가는 탓에 누구도 자유로이 움직이진 못했다.

인아가 혼란스러워하며 물었다.

"증거가 있습니까?"

증거? 증거라.

없었다. 그런 게 있었다면 진작 경찰서로 가 신을 고발했겠지. 죽임을 당한 사람에게 증거를 가져오라니 이 무슨 절망적인 말일까. 인아는 나를 의심하면서도, 나를 믿고 싶어

했다. 그녀의 불안한 눈빛이 그 증거였다.

그때 겨우 정신을 차린 초원이 걸어왔다.

"……증거는 제게 있습니다."

비틀거리는 초원은 중심을 잘 잡지 못했다. 나는 당황하면서도 서둘러 부축했다. 초원이 차갑게 식어가는 제 손으로 머리를 감싸며 경찰에게 말했다.

"비록 나는 계급인이지만, 내게 내려진 맹세의 무게는 당신들과 똑같습니다. 나는 인연을 죽인 범인을 두 눈으로 똑똑히 보았습니다. 말하지 않겠다고 맹세했지요. 그러니 내가 진실한 맹세를 깨고, 천벌을 받는 모습은 가장 강력한 증거가 될 겁니다."

나는 초원의 입을 틀어막았다.

"뭐 하는 짓이야!"

초원의 말대로 맹세는 모두에게 가장 소중한 것을 담보로 했다. 계급인은 복생자가 될 자격이 없으므로, 범인을 말하는 순간 소중한 목숨을 영구적으로 잃는다. 내게 살아갈 낮이 많듯이 초원에게도 살아갈 밤이 많았다.

"그만둬. 넌 이제 나한테도 죽으면 안 되는 몸이야."

"그래서 이제는 말할 수가 있어."

"가만히 있어줘 제발."

"아무도 나 따위 계급인을 중요하게 생각하지 않아서 멋대로 맹세까지 하며 살았지만, 이제는 나를 소중하게 여겨주는 사람이 생겼잖아. 인생을 걸어야 하는 맹세라는 게 드디어 가치 있어졌어. 너로 인해."

이사야가 초원을 보더니 광분했다. 기억하는 게 확실했다. 이사야는 맹세를 어기면 누구보다도 고통스럽게 죽임당할 거라 경고했다. 죽은 상태에서도 몸을 찢고, 오장육부를 끊고, 눈에 칼을 박아 복수하겠다고 외쳤다.

그녀의 신랄한 저주는 역으로, 경찰이 초원의 말을 들어야만 하게끔 만들었다.

"주인연 씨, 계급인이 증언을 하게끔 두세요."

"범인을 밝히는 순간 죽습니다. 목숨이 달려 있단 말입니다!"

"계급인, 범인을 안다면 빨리 발언하십시오. 도시의 치안을 지키는 일을 방해해선 안 됩니다. 성당에 멋대로 들어온 이상 당신은 어차피 자유로이 나가지 못합니다."

"제발요, 언제는 투명 인간 취급만 했잖아요!"

경찰이 방아쇠를 당기는 듯 검지를 까딱였다. 나는 총구에서 탄환이 날아오는 헛것을 보고 주저앉았다. 발포가 되지 않았음을 인지했으나 초원이 한 걸음 앞으로 나아간 후였다.

"말하면 안 돼. 너도 살아야 해!"

"그렇게 말해줘서 고마워."

"사람들은 널 무시하기만 했잖아. 너도 정의를 지킬 필요가 없어."

"난 정의를 지키는 게 아니야."

불길이 천장까지 옮겨 붙고 성당은 삽시간에 불구덩이가 됐다. 스테인드글라스보다 더욱 성스러운 캠프파이어였다. 시간을 지체하지 말아야 했다. 나가야만 했다. 경찰이 빨리 발언하라 윽박질렀지만 단 한 명의 소리밖에 들리지 않았다.

"기억하고 있지? 내게는 두 번째의 맹세도 있다는 걸."

부디 바랐다. 세계에 정말로 신이 존재한다면, 우리의 맹세를 듣고 내려다보는 작자가 있다면, 부디 약속을 어겨주기를. 여름날의 불장난처럼 한 번쯤은 못 본 척 눈감아주기를. 제발 초원을 벌하지 않기를.

"인연을 죽인 범인은 이사야입니다. 그녀는 차기 이사야를 만들기 위하여 무고한 사람을 연쇄적으로 죽여왔습니다."

초원은 한 번에 그치지 않았다. 이사야가 범인이라는 말을 연거푸, 정말로 연거푸 외쳤다. 가장 미천한 신분인 초원이 가장 치열하게 나를 지키려 했다. 죽음을 두려워하지 않는 자유의지가 온 성당에 쩌렁쩌렁하게 울렸다. 당황한 경찰이 총구를 내리고 어지러운 시선으로 서로를 바라보았다.

"인연아, 행복해야 해. 믿을게."

초원은 피를 토하더니 목을 감싼 채 주저앉았다. 더 이상 어떤 음성도 들려오질 않았다. 믿는다는 말을 들었음에도, 이번만큼은 거부반응을 느끼지 않았다. 초원이 내게 준 믿음이야말로 태어나서 처음으로 받아보는 순수였다.

불길에 천장이 무너지고 콘크리트 더미가 추락했다. 경찰과 인아가 이사야를 포박하여 정문 밖으로 나갔다. 나는 죽어가는 초원을 끌어안고 서럽게 울었다. 진실로 세상을 다스리는 신은 모른 척해도 되는 약속마저 철저히 지켰다. 초원이 나를 위해 선량한 마음으로 맹세를 어겼음에도 불구하고 가차 없이 목숨을 가져갔다. 신이 만드는 운명은 결코 장난처럼 가볍지 않았다.

목이 터져라 울어보았지만, 초원은 이미 내 곁을 떠났다.

초원을 등에 업고 연기 틈으로 몰래 빠져나갔다.

불타는 성당의 정문에 소방대원을 비롯한 인파가 몰렸다. 아침은 모든 공간에 찾아왔지만, 후문으로 달아나는 우리를 반기는 이는 없었다. 오히려 다행일지도 몰랐다.

죽은 자의 무게는 내 한 몸으로 이기지 못할 만큼 무거웠다. 나는 비틀거리며 걸어가는 동안 초원의 이름을 불러보고, 고함도 쳐보았으나 답이 돌아오지 않았다. 울컥거림을 섣불리 토하고 싶지 않아서, 그랬다가는 초원의 죽음이 정말로 사실이 될까 봐 입술을 깨물었다.

환하게 동이 텄다. 도시인들이 피와 재로 얼룩진 우리를

196

보았다. 그들은 내 얼굴을 알아보지 못하여 계급인으로 오해
했다.

"더러운 채집자들 같으니라고. 아침인데 어딜 돌아다니는
거야?"

뒤통수에 돌멩이가 날아와 박혔다. 나는 이내 부끄러움을
느껴 고개를 숙였다. 몸 곳곳에 핏자국이 있었으나 단 한 명
도 나를 돕지 않았다. 사람들은 피 냄새를 맡아도 구분하지
못했다. 죽은 초원을 볼 때마다 코를 틀어막으며 경멸할 뿐
이었다.

서러웠다. 어둠 지렁이만이 하수구에서 나와 앞장서 기어
갔다. 팔로 눈을 벅벅 닦으며 빛에서 달아나려는 그 어둠 지
렁이를 따라 걸었다. 한 걸음을 뗄 때마다 모욕을 얻고, 마음
에 상처를 새겼다. 겪어본 적이 없는 형태의 고행이었다.

등이 고부라진 상태로 한참을 걸으니 겨우 낮 농장의 초입
이 보였다. 조금 더 걸어가면 인적 없는 숲이 나올 것이다. 초
원을 양지바른 곳에 묻어줄 수 있었다.

누군가 내 어깨를 홱 꺾어 몸을 비틀었다.

"주인연!"

눈앞에는 땀에 젖은 괴물이 서 있었다.

"네가 있어야 할 자리는 아파트야. 돌아가!"

어둠 지렁이 한 마리가 그녀의 등에서 툭, 떨어졌다. 초원을 위해 판의 눈을 파먹었던 녀석이었다. 빛에 살갗이 타들어가면서도 꾸물꾸물 기어 내게로 다가오던 어둠 지렁이가 띄엄띄엄 울었다. 꼭 주인의 목소리를 닮았다.

"괜……찮……아……."

콰직.

엄마가 오른발로 어둠 지렁이를 짓밟았다. 발을 이리저리 비틀어 뭉개버렸다. 지렁이의 살점 사이로 퍼런 피가 터져 나왔고, 미끄덩한 몸은 찢어져 여기저기로 튀었다. 숨이 끊기면서도 지렁이는 괜찮다는 말을 반복했다. 기이한 음성이 공기 중에 솜사탕처럼 녹아 사라졌다.

"제발 그만해!"

나는 엄마의 몸을 밀치고 대치했다. 우리의 옆길에선 고단한 얼굴의 낮 농부들이 출근 대열을 이루고 있었다.

"등에 업은 녀석은 갖다 버리고 당장 돌아가. 내가 널 얼마나 열심히 키웠는데 이렇게 배신하니?"

"난 아무도 배신하지 않았어."

"이사야가 되지 않으려 했잖아!"

"그게 왜 배신이야."

"너를 낳고 키우느라 나는 너무 많은 걸 희생했어. 내 꿈과 미래를 모두 너에게 양보했어. 그런데도 너는 지금 내 삶을 부정하고 있어."

엄마가 나의 양팔을 잡고 세게 흔들며 호소했다.

"네 인생은 네 것만이 아니라고!"

귓가에 천둥이 쳤다. 그녀는 무너지는 산을 바라보는 사람처럼 절규했다.

"널 신으로 만들겠다고 맹세했어. 내 뜻을 거스르면 기어코 네가 나를 죽이는 거야!"

괴물은 울고 있었다. 나를 늘 고통스럽게 했던 괴물이, 나 때문에 눈물을 흘렸다.

문득 의문이 들었다. 나는 왜 태어났을까. 저 사람을 힘들게 하고, 초원을 죽게 하고, 이사야의 정체를 탄로 나게 하고. 나 같은 문제아는 왜 태어나야만 했던 걸까. 이 육체가 탄생함으로써 세계에 생긴 좋은 일은 하나도 없었다.

내가 없었다면 엄마는 순수한 복생자로 고행을 견뎌내고 이사야가 됐을 수도 있었다. 그러면 더 행복했겠지?

내 앞에서 인생을 부정당했다며 눈물을 쏟는 괴물. 피부가 물먹은 종이처럼 스르륵 녹더니 인간의 알맹이가 보였다. 익히 알던 엄마의 모습이었다. 나는 우는 엄마를 처음 보았다. 엄마가 아무리 밉고 증오스러워도, 그녀가 나를 창조한 존재인 이상 당장 눈앞에서 사라져달라 마음껏 원망하지 못했다.

"화초처럼 키웠는데 왜 잡초처럼 자랐니!"

절망 같은 말이었다. 나는 그녀를 그대로 밀쳐버리고, 앞을 향해 달아났다. 험준한 산을 향해 젖 먹던 힘을 다해 뛰었다. 등에 업힌 초원이 느껴지지 않을 정도였다.

"지옥을 준 그 남자보다 나는 네가 더 미웠어!"

도망치는 내 뒤로 신이 되겠다 맹세하라는 엄마의 고함이 들려왔다. 대답할 수 없었다. 다시 도시로, 성당으로 돌아가 어른들이 만든 고행을 이겨내자는 결심이 서지 않았다.

신발이 벗겨지는 줄도 모르고 산의 품속을 더욱 파고들었다. 햇살이 침투하지 못할 어둡고 찬 공간으로 나아갔다.

산속 곳곳에선 어둠 지렁이들이 땅을 기고 있었다. 널브러져 자는 녀석과 나무를 타는 녀석, 잎사귀에서 자유낙하를 즐기는 녀석도 있었다. 빛이 없는 산은 어둠 지렁이의 서식지였다. 나는 경사가 없는 곳에다 초원을 뉘어놓고는, 커다란 잎새를 가져와 덮었다. 어둠 지렁이들도 내 마음을 이해하는지 초원의 몸 위를 함부로 오르지 않았다.

지렁이들은 뭔가를 알려주려는 듯이 꽁지를 흔들며 앞으로 몸을 죽죽 뻗었다.

이제 어떻게 살아야 할까. 나는 누구이고 무엇을 위해 삶을 이어야 하는지. 초원과 인아의 얼굴이 떠올랐다. 나를 돕고자 했던 사람들을 위해 아무것도 할 수 없는 삶이 싫었다. 그런 식으로 결론을 내리고 싶지 않았다. 나에게도 쥐고 살아갈 마지막 희망이 필요했다.

눈앞에 푸르게 빛나는 샘이 보였다. 시야를 가리는 나뭇가지들을 헤치고 다가갔다. 어둠 지렁이들의 호위를 받으며 어떤 형상이 반짝거렸다. 커다란 그것이 나의 반대편에서 고개를 숙이더니 시선을 맞추었다.

하얀 사슴이었다.

"네 몫의 용기는 찾았는가?"

영험한 사슴의 빛이 온 숲을 환하게 비추었다.

"그대는 바라는 것이 될 수 있다."

바라는 것이라. 엄마에게서 달아나고는 싶어도 엄마를 해치고 싶지는 않았다. 인아가 치안국 형사로서 잘 살기를 바랐고, 초원이 죽지 않길 바랐고, 어둠 지렁이가 더 이상 짓밟히지 않기를 바랐다. 나를 둘러싼 온 세계가 끝내 평화를 되찾고, 구원받기를 바랐다.

궁극적으로 나의 염원은 간단했다.

"모두에게 자유를 주고 싶어요."

흰 사슴이 꼬리를 살랑살랑 흔들었다. 곡선을 따라 성스러운 기운이 퍼졌다가 수축하기를 반복했다.

"그대가 원하면 자유를 주겠다. 대신에 대가로 그대는 영원히 봉사해야만 한다."

사슴의 몸에서 뿜어져 나온 따뜻한 빛이 샘에 깃들었다. 먼지 한 점 없이 맑은 수면 위로 나의 얼굴이 비쳤다. 샘 속에 어떤 형상이 있었다. 형상을 향해 손을 뻗었다. 그러자 형상도 나를 향해 손을 뻗었다. 우리 사이에 실로 이은 듯한 반짝이는 빛의 길이 돋아났다.

사슴이 내게 물었다.

"맹세하겠는가?"

샘과 연결된 아름다운 힘을 따라가는 것이 내가 택할 수 있는 가장 행복한 결말임을 자각했다.

"하겠어요."

형상이 여인의 자태를 갖추고 미소 지었다. 차가운 샘에 손끝을 넣은 순간, 영롱한 파동이 일더니 사슴은 사라지고 오직 수면 너머의 낯선 얼굴만 남았다. 그 얼굴에게 나는 물었다.

"당신의 이름은 무엇입니까?"

어둠 지렁이들이 춤을 추며 노래를 불러주었다. 나는 너른 품에 안겨 샘 속으로 서서히 잠겨들었다. 복생자로 태어나기 이전에 보았던 강 앞의 세계가 나타났다. 그리운 언덕과 평화로운 자들이 나를 발견했다. 그들이 손짓하며 기쁘게 환영해주었다. 거기에는 하얀 아이도 있었다. 눈을 감고 내 안에 깃드는 영롱을 만끽했다.

이제 나는, 나를 향한 모든 기대와 믿음을 벗어던지고 오직 나만을 위한 믿음으로 살아갈 것이다. 온 세계의 자유를 지키는 사람으로서.

형체 없이 뻗어나가는 공간 속에서 형상의 대답이 들려왔다.

"나는 이사야다."

비로소 지난한 세계가 끝나고, 또한 새로이 시작됐다.

이사야가 아닌 것이 되는 법

1년이 흘렀다.

이사야가 살인죄로 체포된 후 사람들은 성당을 잃었다. 경전에 따라 신을 만들었지만 정작 그 신이 인간을 살해했다는 점은 도시인에게 큰 충격을 안겼다. 사람들은 이사야를 향한 반감으로 경전을 불태우고, 성당을 허문 다음 그 자리에 커다란 쇼핑몰을 세웠다. 이사야를 비난하는 소설이 출간되고 각종 비평이 들끓었다.

그럴수록 사람들은, 애초에 성당의 이사야가 자신들이 믿고 따르고자 했던 신과는 달랐다며 이제 와 다른 말을 했다. 자신들이 틀렸다는 사실에 당황하면서도 합리화를 하고자 애쓰는 꼴이었다. 잘못을 인정하는 건 시대가 바뀌어도 인간의 영역이 아니었다.

성당의 이사야는 신의 직급을 폐위당했고, '김성아'라는 이름으로 사형당했다. 그녀는 신앙국의 결단에 따라 국립 납골시설에 안치되지도 못했다. 사체가 어떻게 처리됐는지는 알려지지 않았다. 판도 연쇄방화죄가 인정되어 사형을 선고받았다. 그들의 유해는 어디로 갔을까.

도시에는 다른 유의미한 변화도 있었다. 목숨을 내던져 진범을 밝힌 초원의 의지가 통하여, 계급인도 억울한 죽임을 당했을 경우 복생자의 신분을 가질 수 있게 됐다. 가장 먼저 초원을 되살리자는 의견이 나왔지만, 그는 스스로 맹세를 깨서 죽은 자, 즉 자살을 한 케이스라 복생이 시행되지 않았다.

도시에는 더 이상 살인 사건이 발생하지 않았다. 평화는 언제나 구원자가 사라진 후에야 찾아오는 법.

인아는 치안국 팀장에게 오후 반차 결재를 받은 뒤 외투를 챙겨 입었다.

"인아 경위, 곧이지?"

"네!"

"미리 축하해."

"감사합니다."

“복생 준비 중인 생명국으로 가는 건가?”

“오늘은 다른 일정이 있어요.”

연쇄살인 사건의 진범을 체포한 업적으로 인아는 국가포상금을 받았고, 오랜 노력과 설득 끝에 죽은 동생을 복생시킬 수 있게 됐다. 제1호 계급인-복생자가 탄생할 예정이었다. 죽은 동생을 자신의 밤방울로 살려냈노라 생각하면 그녀는 힘든 직장 생활 중에도 웃을 수가 있었다. 수시로 생명국에 들러 동생의 복생 준비가 잘되고 있는지를 살폈다. 숨이 오래전에 끊어진 여동생의 차가운 손을 잡으며 그녀는 그 죽은 몸에 아름다운 영혼이 깃드는 꿈을 여러 번 꾸었다. 계절이 지나도 반드시 봄이 돌아와 꽃을 피우듯 환하게 웃어줄 그리움의 얼굴을.

하지만 오늘은 동생이 보관된 곳을 찾지 않았다.

차에 탑승해 확인한 시간은 오후 세 시, 한창 밝아야 할 시간이었다. 이사야가 죽은 뒤로 도시의 낮은 이상하리만치 짧아졌다. 당국이 낮 농부들을 심히 채찍질하여 낮 수확량을 늘렸지만, 하늘에 낮을 걸어두는 족족 불량품처럼 추락하는 일이 발생했다. 반면에 밤은 아무리 걸어도 훼손되지 않았다.

그 덕에 밤의 채집자들이 깨어 있는 시간은 늘었다. 여전히 계급인을 향한 차별은 날카로웠으나 조금씩 나아졌다. 무엇보다도, 밤의 채집자들 스스로가 더 긴 하루를 품에 안고 도시를 활보했다.

운전하는 차창 너머로 일찍이 수확을 마감 중인 농부들이 보였다. 인아는 자동차 라디오에서 들려오는 노래를 따라 고개를 까딱이며 주차 자리를 찾았다. 차의 시동을 끈 뒤 뒷좌석에 준비해놓은 꽃다발을 들고 하차했다. 드넓게 펼쳐진 황금 들판을 따라 걸으니 어느덧 하늘은 노을 영역으로 진입했다. 인아가 이름 없는 들풀 하나를 집어 풀 반지로 만들었다.

"분명 좋아할 거야."

그녀의 눈앞에 조그마한 언덕이 보였다. 숲에서 초원을 발견하여 이장한 작은 보금자리였다. 인아가 꽃다발을 내려놓고 물병을 꺼내 무덤을 담뿍 적셔주었다. 바람이 불었다. 저녁을 품은 온도였다. 인아는 손을 모으고 한참 동안 침묵을 지켰다.

"그날 너희 덕에 많은 게 바뀌었어."

숲으로 향한 뒤 인연의 행적은 사라졌다. 인연의 엄마가 경찰에 실종 신고를 하고 온 산을 뒤졌지만, 어떤 단서도 발견하지 못했다. 시체도, 물품도, 작은 머리칼 하나 나오지 않았다. 어둠에 잠식된 산은 마치 하나의 동굴 같아서 무언가를 찾는 게 어려웠다. 경찰은 아마도 인연이 산의 절벽에서 미끄러져 추락했거나 산짐승에게 잡아먹혔을 가능성이 농후하다며 일찍이 사건을 종결했다.

인연의 엄마는 인아에게 호소했다. 딸을 신으로 만들겠다 맹세한 자신이 살아 있는 걸 보면, 인연도 어딘가에 반드시 살아 있을 거라고.

그녀는 여전히 치안국에 와 딸을 찾아달라고 울었다. 그 울음은 괴물의 것 같기도 하고, 괴물이 아닌 다른 끔찍한 생명체의 것 같기도 했다. 인아는 인연의 엄마를 보노라면 동생을 잃었을 때의 자신을 보는 듯해 마음이 좋지 못했다.

"너는 어디로 갔니?"

인아가 고개를 뒤로 젖혀 동그란 하늘을 바라보았다. 숲속 깊은 곳에서 나뭇잎이 부딪는 소리와 함께 큰바람이 불었고, 그 바람은 상승기류가 돼 풀 냄새와 함께 날아올랐다. 얼마 지나지 않아 밤의 영역이 시작됐다. 어둠 지렁이들이 스멀스멀 기어 나왔으나 이제 그들은 끔찍한 생명체가 아닌, 반짝이는 지상의 별들이었다.

인아는 어두운 남빛으로 물든 세상을 한가득 눈에 담았다.

"어디에 있든 잊지 않을게."

그 순간 하늘에 걸려 있던 밤 조각 하나가 반짝이며 추락했다. 도시가 생산한 적 없는 유성이었다.

인아는 가슴 위에 손을 올렸다. 동생이 복생자가 된 후에는 신 후보 따위가 아닌, 어린아이로 잘 살아갈 수 있게끔 사회에 공헌하겠다는 맹세를 조용히 읊었다.

초원이 인연에게 지켜주겠다고 약속했듯이.

인연이 초원을 그리워하며 떠나갔듯이.

어떠한 관계는 사람들의 시선 속에 존재하지 않았다. 이채로운 세계에서 영원한 헤엄을 누렸다. 인아 역시 가슴 위에 얹은 손을 기꺼이 내리지 않았다. 허리를 숙이고, 인사했다.

"자유가 늘 곁에 있기를!"

인아는 아름다운 것을 보았다. 숲속에서 흰 사슴 두 마리가 경중경중 뛰며 노닐었다. 갇혀 있지 않은, 드넓게 열린 초원 위를 헤엄치는 네발의 물고기들 같았다. 기뻐하며 눈을 깜빡이자 사슴들은 온데간데없이 사라졌다.

고독이 없는 밤이었다.

작가의 말

신이 있다면 어떤 모습일지를 상상해본다. 아마도 신은 지금처럼 발전한 시대에 적응을 잘하지 못해 학교에서 디지털 강의를 들을 것이다. 키오스크를 다루지 못해 패스트푸드점에서는 원하는 음식을 시켜 먹지 못하고, 휴대폰으로 누군가에게 메시지를 보낼 때도 손가락을 띄엄띄엄 움직이겠지. 전지전능한 신이 시대와 화합하지 못하여 인간스럽게 격하되어버린 모습을 상상해본다. 계속, 계속 상상해본다. 영 신 같지가 않다.

그리스 로마 신화에서 신은 전능과 인간성을 두루 갖춘 존재들로 묘사되는데, 때로는 인간성이 전능함을 앞서버리기도 한다. 권위가 사라진 신은 존경보다 비웃음의 대상이 되고, 그들의 지혜로움은 의심받는다. 그러므로 인간은 신을 만들 때 절대적인 위용을 부여한다. 예컨대 감정을 표현하는 모습이나 소망을 논하는 모습은 최대한 거세한다. 신을 신답게 지키기 위함이고, 더 멀리 말해보자면 신의 존재를 믿고자 하는 우리의 신념을 지켜주기 위함이다. 환상 속에 살기 위해 신들은 어쩌면 엄격한 아카데미 과정을 밟고 있을지도 모른다.

그러나 신이라는 키워드를 선택한 이상, 인간인 우리가 가장 중요시해야 하는 건 '전능함'이 아니라 '인간성'일 테다. 나는 인간과 신을 구분 짓는 힘을 '자유'라고 생각한다. 많이 자유로우면 신이고, 자유롭지 못하면 인간이다. 고로 인간성이란 '자유롭지 못함'이다. 이 소설에서 많은 인물이 각자의 사정에 갇혀 있는 까닭이기도 하다.

그런 생각을 하다가 끝내 신이 인간의 면모를 들켜 폐위당하는 결말도 상상했다. 준엄하지 못한 신. 너무나 인간적인 신. 그래서 인간들은 신을 부러워하지도, 동경하지도 않고 오히려 신이 되고 싶지 않다고 외치기도 할 테지. 이사야는 이런저런 상상 끝에 탄생했다. 이야기의 방향이 당초에 생각한 '우스꽝스러운 신의 인간 세계 부적응기'와는 다르게 흘러갔으나 이것도 마음에 든다.

모쪼록 재미있었으면 좋겠다. 자신의 세계에서는 각자 자유를 누리고, 각자 신으로 살 수 있기를 바란다. 자유를 쥐는 과정이 치열할 테니 지치지 말고 쟁취하기를. 마음 안에 늘 힘이 되는 하얀 사슴 한 마리를 길러두면 좋겠다.

이온화

이사야가 되지 않는 법

초판 1쇄 발행 2026년 4월 2일

지은이 이온화
펴낸이 이수철
주   간 하지순
편   집 구경미
디자인 박예진
영업관리 최후신
콘텐츠개발 최진영
영상콘텐츠기획 김남규
제   작 서동관
관   리 진호, 황정빈, 전수연

펴낸곳 (주)픽셀앤플로우
출판등록 제2025-000171호
주소 (10449) 경기도 고양시 일산동구 호수로 358-39 동문타워1차 703호
전화 02) 790-6630 팩스 02) 718-5752
전자우편 namubench9@naver.com
인스타그램 @namu_bench

ISBN 979-11-24185-11-7 03810